LE CIEL ÉTAIT VIDE

DU MÊME AUTEUR

La Tanche, Belfond, 2017

INGE SCHILPEROORD

LE CIEL ÉTAIT VIDE

Traduit du néerlandais (Pays-Bas)
par Françoise Antoine

belfond

Titre original :
HET LICHT IN DE STAD
publié par Park Uitgevers | Uitgeverij Podium, Amsterdam

Nederlands letterenfonds
dutch foundation for literature

Ouvrage publié avec le concours de la Fondation néerlandaise des lettres.

Retrouvez-nous sur www.belfond.fr
ou www.facebook.com/belfond

Éditions Belfond,
92, avenue de France, 75013 Paris.
Pour le Canada,
Interforum Canada, Inc.,
1055, bd René-Lévesque-Est,
Bureau 1100,
Montréal, Québec, H2L 4S5.

ISBN : 978-2-7144-9981-3
Dépôt légal : août 2024

Belfond | un département **place des éditeurs**

place des éditeurs

« Je parle à Dieu, mais le ciel est vide. »

Sylvia PLATH

I

1

DEHORS, il faisait sombre et froid. À l'intérieur, dans la lumière jaune, crue du métro, tous les visages étaient distants. Personne ne lui prêtait attention. Lentement, Sophie approcha la tête de son reflet dans la fenêtre et essuya des deux mains la buée sur le carreau. Ce n'était que le milieu de l'après-midi, mais les nuages d'automne obscurcissaient déjà le ciel. Elle les contemplait, pensive. Tu vois, tout s'arrange, se dit-elle pour s'encourager. Elle se jeta un coup d'œil furtif à travers les traces laissées par ses doigts sur la vitre. Patience. Les choses ne peuvent que s'arranger. L'été est enfin terminé.

Elle regardait fixement la ville qui défilait à toute allure dans l'obscurité. On ne distinguait que quelques lumières perdues, brouillées par la pluie. Mais en plissant les yeux, elle découvrit également les petites lumières dans les immeubles de l'autre côté du fleuve. Elles scintillaient, faibles mais rassurantes malgré tout. Sophie retint son souffle. Regarde, papa, lui dit-elle comme s'il était assis à ses côtés, le col de son manteau mouillé par la pluie, sa lourde mallette à ses pieds. Regarde, papa, les lumières sont allumées dans ton bureau. La lumière, pensa-t-elle aussitôt, comment dit-on déjà en arabe ? Elle se redressa sur son siège. Allez, se houspilla-t-elle, tu devrais savoir ça ! Les ressorts de la banquette grincèrent et, machinalement, elle tapota trois fois du majeur sur son genou. Une pause, puis à nouveau trois petits coups. Toujours trois, de haut en bas. Tap, tap, tap.

An-Nur. Oui, voilà. Un soupir quitta tranquillement sa bouche. Ouf, elle s'était souvenue. C'était aussi le titre du vingt-quatrième chapitre du Coran. La vingt-quatrième sourate. Ses pensées se portèrent sur le verset 35, le plus beau qu'elle connaisse. *Lumière sur lumière. Allah propose aux hommes des paraboles et guide vers Sa lumière qui Il veut.* Dans son esprit surgirent les lettres arabes sinueuses, rougeoyantes dans le noir. Et puis, plus floue, l'image de la cruche et de la lanterne, et de la niche contenant une lampe. Ces dessins figuraient dans le livre de son père sur l'islam. Ils l'avaient feuilleté tant de fois ensemble. *Sa lumière est comme un pilier sur lequel repose une lampe. Dont l'huile semble éclairer sans même que le feu la touche.* La veille au soir, elle avait écrit cette phrase en haut de la première page de son travail de fin d'année. *Dont l'huile semble éclairer sans même que le feu la touche*. Même si elle n'en comprenait pas tout à fait le sens, elle l'avait choisie comme épigraphe de son travail, qui portait sur « les véritables causes du djihadisme chez les jeunes Néerlandais » – un sujet qui avait été si important pour son père dans son métier. Elle était à présent en route pour aller en discuter avec son amie, ou plutôt, avec la fille qui devait devenir son amie.

Elle hissa son sac à dos rempli de livres sur ses genoux, l'entoura de ses bras et appuya son front contre la vitre, si bien que son reflet flottait sur l'eau. Dans sa tête, les pensées fusaient en tous sens comme des oiseaux qu'on aurait débusqués. Zala. Un frisson d'impatience lui parcourut l'échine. Dans moins d'une heure, elles se verraient. Chez elle. Sophie était beaucoup trop en avance.

Dehors, la partie sud de la ville défilait sous ses yeux. Au loin, la tour du cabinet d'avocats où travaillait son père, comme toujours calme et souveraine, dominant tout. Derrière, en diagonale, le dôme cuivré de la plus grande mosquée de la ville. Et tout ce qui faisait partie de ce quartier, où elle avait tant erré cet été. Inlassablement, elle s'était forcée à revenir, alors qu'elle n'avait à vrai dire rien à faire si loin de chez elle. Sinon être là. Près du lieu où il avait passé ses longues journées de travail. Mais même là, Sophie n'existait pas. Comme elle n'existait plus nulle part.

Elle vit s'illuminer les lampes de la gare et les panneaux publicitaires, partout l'ombre et la clarté, le scintillement de la pluie et des lumières. Dans son esprit réapparurent les innombrables fois où elle avait pris cette ligne de métro au cours des derniers mois. Notamment pour se rendre chez la psychologue, qu'heureusement sa tante ne lui demandait plus de voir. Sophie était enfin parvenue à la convaincre qu'elle pouvait se débrouiller toute seule. Après tout, elle avait sa musique et ses livres, non ? Mais elle était revenue encore et encore, tout l'été. Elle traînait sur les dalles chaudes devant l'entrée du cabinet de son père. Son bureau se trouvait au dernier étage et elle frissonnait en pensant à la hauteur à laquelle c'était. Pour une raison qui lui échappait, elle se voyait toujours debout au sommet de l'immeuble, au bord du vide, dans le vent qui soufflait en rafales autour d'elle. Et avec l'idée récurrente, irréelle, qu'elle devait se crier de là-haut quelque chose à elle-même. Une mise en garde. Mais contre quoi ? À ce moment-là, il était déjà mort depuis longtemps.

Le métro laissa derrière lui la zone portuaire. Sophie se leva déjà et sentit les trépidations de l'engin sous ses pieds. Les vibrations se propagèrent à ses muscles, jusqu'à ce que le véhicule commence à perdre de la vitesse et arrive lentement au point mort. Quinze heures trente pile.

L'horloge du quai et celle de son téléphone indiquaient la même heure. Une demi-heure trop tôt. Elle ramena les cheveux de sa frange derrière son oreille droite. Comme si elle planait au plafond du compartiment, elle se vit enfiler son sac à dos dans lequel se trouvaient ses affaires de cours, le livre sur l'islam et le cahier contenant les leçons d'arabe qu'elle avait prises avec son père. Durant les mois qui avaient précédé sa mort, c'était devenu leur activité commune. Lui avait entamé le cours l'année précédente avec un collègue. Il avait fièrement montré à sa fille les lettres qu'il essayait de former, s'échinait devant elle à prononcer les mots et à déchiffrer les sourates. Des sourates qu'il écoutait, scandées : la 46, la 8, peut-être même pas les plus connues, mais c'étaient celles dont elle se souvenait le mieux.

L'hiver dernier, elle avait passé tellement de soirées à les écouter, sur les marches menant à la pièce où il étudiait, pendant qu'il la croyait en haut en train de faire ses devoirs... La première fois qu'elle en avait entendu la musique, son cœur s'était arrêté. C'était un soir pluvieux de novembre, alors qu'elle passait devant son bureau. Les sons semblaient lointains, mais ils l'avaient transpercée, comme une chanson triste qui ne finit jamais. Elle s'était assise en bas de l'escalier, l'obscurité était totale. Elle avait fermé les yeux, porté la main à sa gorge. Qu'est-ce que c'était ? Les sonorités lui procuraient une sensation sur laquelle elle n'arrivait pas à mettre de mots. Tout son corps brûlait et elle ressentait en même temps une pression sur sa poitrine et une étrange angoisse qu'elle ne comprenait pas. C'était d'une telle beauté, et si douloureux à la fois. Était-ce cela, Dieu ? À partir de ce moment, elle s'était faufilée dans le couloir sombre pour écouter à la porte, encore et encore. C'était comme avec les vidéos sur YouTube qu'elle n'aurait jamais été autorisée à regarder, se disait-elle à présent. Les vidéos des « enfants » de son père, comme il appelait les jeunes qu'il défendait. Les enfants partis pour le califat. Sur ces vidéos, elle avait vu des choses qu'elle aurait voulu oublier. Mais aussi des images qu'elle ne se lassait pas de regarder. Des voiles dorés soulevés par le vent, des tanks vrombissant, avançant dans le désert comme des cafards indestructibles, des voix de femmes et de jeunes filles fusant dans les aigus, terribles aussi. Et si belles.

Peu après avoir entendu les premières récitations, elle avait convaincu son père de suivre les cours d'arabe avec lui. C'était tout à fait faisable, elle était en position confortable grâce à ses bonnes notes, il lui resterait bien assez de temps pour l'école. Lorsqu'il était mort, au printemps, ils étaient à la moitié du second semestre. Désormais, elle poursuivait seule. Ce matin, elle avait glissé le cahier dans son sac, ainsi que les premières pages de son travail, coincées au début du livre sur l'islam. Sur la page de garde, en grandes lettres élégantes : *Le mythe de la violence islamique.* Le même titre que celui de l'article jamais publié écrit par son père l'an dernier. En dessous figurait la même question : *Qu'est-ce qui motive nos jeunes à partir combattre en Syrie ?* Elle avait déjà organisé son plan en séparant raisons psychologiques et sociologiques. Et facteurs *push* et *pull* – d'incitation et d'attraction.

Elle descendit à l'arrêt Sud. Des rafales chargées de gouttelettes soufflaient dans les rues. À sa droite se trouvaient le marché et, derrière, le square avec la mosquée de quartier. Elle prit à gauche. Les mains enfoncées dans ses poches, elle marcha un moment au hasard dans un dédale de rues qui se ressemblaient toutes. Des maisons basses et grises avec des jardinets nus, alternant avec des immeubles d'habitation. Un restaurant KFC, une laverie automatique sombre à l'intérieur, un scooter échoué sur une bande herbeuse avec une balançoire misérable. Les trottoirs brillaient sous ses pieds. L'eau de pluie pénétrait par la semelle de ses chaussures. Elle avait de nouveau mis les All Stars usées qui avaient appartenu à son père lorsqu'il avait son âge. Elle les avait trouvées au fond d'un placard de sa chambre à lui, comme ses autres vêtements. Quand elle avait un événement important, elle portait quelque chose de lui : des baskets, une chemise, une veste de survêtement. Ou tout à la fois. Comme aujourd'hui.

Elle resserra sa capuche, remonta son col et regarda autour d'elle. Dépassa la rue commerçante. Trop de monde. Brusquement, elle fit demi-tour. Je vais quand même prendre par le square, se dit-elle, et tandis qu'elle se remettait à marcher, la voix de son père se manifesta de nouveau. Pas sa voix gentille, non, celle qu'il avait lorsqu'il savait tout mieux que tout le monde. Elle détestait ces moments. « Moineau, souviens-toi que la lettre *dhal* se prononce entre le *dh* et le *th*, presque comme l'anglais *through*. Le *tha* se prononce plus comme un *c*. Regarde-moi. » Un flash estompé de son sourire, de ses dents. Des larmes jaillirent comme de petites aiguilles. Elle secoua la tête. Elle ne voulait pas l'entendre, mais c'était plus fort qu'elle. Son père lui avait dit tellement de fois qu'elle avait l'imagination trop fertile. Qu'elle prenait trop vite ses pensées pour des réalités. Mais elle ne pouvait pas s'en empêcher. Va-t'en, pensa-t-elle alors. Ne te mêle pas de ça, papa. Elle ferma les yeux et secoua la tête. Je peux y arriver toute seule. Laisse-moi tranquille. Je ferai ça bien. Tu verras. Je ferai même ça tellement bien que Zala ne voudra plus se passer de moi.

Elle traversa rapidement le square et revint sur la route. Passa par le marché avec ses étals de nourriture, l'odeur de friture et de viande grillée. Le bruit de téléphones qui sonnent, des gens qui courent de tous côtés. Soudain, la colère revint, bouillonnante, remontant de son estomac.

Dans trois semaines, ce seront les vacances d'automne. Si tu n'avais pas été aussi égoïste, papa, si tu ne m'avais pas tenue à l'écart une fois de plus, si tu n'avais pas absolument eu besoin d'aller faire du vélo tout seul dans les Ardennes... Tu aurais dû faire plus attention, je n'avais plus que toi. Si tu avais mieux regardé autour de toi sur ces sentiers étroits, si tu n'avais pas... On serait allés ensemble... Elle pressa ses lèvres sur le dessous de sa manche pour ne pas pleurer. On serait allés ensemble au Maroc. Pour la première fois à deux dans un pays musulman. À Chefchaouen, voir les maisons peintes en bleu, les dunes de sable de l'erg Chebbi au Sahara. Elle sentit ses cils trembler tout doucement. Releva les commissures de sa bouche. Ne plus y penser. Elle se mit à compter. Un, deux, trois. Le calme revint. Derrière elle ne résonnait plus que le grondement assourdi d'un tram.

Dans toute la ville, dans le monde entier, pensa-t-elle soudain, il n'y avait personne, pas un ou une qui la connaisse vraiment. Elle avait besoin de s'apaiser. Que faire ? La musique. C'était la seule chose qui l'aidait. Elle sortit ses écouteurs de sa poche et fit défiler à la vitesse de l'éclair les milliers de morceaux qu'elle avait enregistrés. Bach. C'était un jour à écouter Bach. La tristesse pleine de gaieté des *Variations Goldberg*, l'un des morceaux de piano que sa tante Lucienne était en train de répéter pour la grande série de concerts juste après les vacances d'automne. Tous les soirs, elle répétait. Chaque longue soirée depuis le jour où Sophie avait dû, par la force des choses, emménager chez elle. Dans la maison verte à la peinture écaillée, où ça sentait l'encaustique et la résine. La sœur cadette de son père, la concertiste, la luthière, la seule chez qui elle pouvait aller.

Les notes hésitantes de l'aria d'ouverture retentirent et son sang se mit à fourmiller. Puis vint le passage aux rythmes vifs, qui se transformerait ensuite en une mélodie plus vague, presque inachevée, avec l'aria finale, suprême, qu'elle aimait quand même, malgré la tristesse avec laquelle tatie Lulu l'interprétait toujours. Sophie traversa le pont et pénétra dans le quartier où avaient habité de nombreux djihadistes, garçons et filles, défendus par son père. Elle arpentait les rues vides où il avait autrefois effectué des visites à domicile et où, à présent, des nappes de brouillard flottaient au ras des toits et s'enroulaient aux antennes paraboliques sur les petits balcons. L'espace d'un instant, elle entendit à nouveau sa voix derrière elle. « Ils sont souvent tellement différents de ce qu'on lit sur eux dans les journaux. »

La seconde où il commençait à parler de ses clients de la ST, la section terroriste à la prison, sonnait le départ de ses interrogatoires à elle. Toujours les mêmes questions, toujours les mêmes réponses. « Comment ils sont arrivés là ? », « Qu'est-ce qu'ils ont fait ? », « Pourquoi ils sont comme ça ? » Elle se mettait alors à parler de plus en plus vite, trébuchant presque sur ses mots, tandis que lui restait posé et décrivait, tout en frottant sa barbe de deux jours, les prisonniers qu'il rencontrait. « La plupart sont si jeunes, So, des enfants encore, des adolescents, pas beaucoup plus vieux que toi. » L'étonnement dans sa voix. « Certains ont pris le risque d'être tués en Syrie. On pourrait s'attendre à des fous radicaux, et il y en a aussi parmi eux. Mais la plupart n'en sont pas. Ce sont des gens comme toi et moi. » Il regardait un instant ses mains, puis le sol, le parquet plein de nœuds et de nervures, moucheté de taches de lumière provenant des lampadaires. Le ton de sa voix la rivait à son fauteuil. La façon dont il parlait des garçons et des filles qui venaient de cette ville, la leur, et qui rejoignaient une organisation djihadiste en Syrie. Jabhat al-Nusra, Al-Qaida, Tahrir al-Sham, Daech, les groupes changeaient sans cesse, et deux ans auparavant, le califat s'y était ajouté. Tous luttaient contre Assad, contre les Russes et maintenant aussi contre l'Occident. Parfois ils se battaient même entre eux. Tout cela passait à la télévision. Et sur YouTube. Des garçons et des filles vêtus de noir. Criant de leurs voix rauques, râpeuses, qu'Allah était grand. Leurs yeux sans la moindre trace de doute se plongeaient dans les siens. Le souffle coupé, elle écoutait ce que son père racontait d'eux. Son attention ne faiblissait que lorsqu'il commençait à parler de leur passé difficile. Tout ce qu'elle aurait pu maintenant utiliser pour son travail de fin d'année : ses exposés sur le faisceau de facteurs impliqués dans la violence religieuse. D'après son père, il n'y avait pas de cause unique. La religion elle-même, tellement diabolisée aujourd'hui, était à son avis d'une importance secondaire. Presque personne à la ST ne provenait d'une famille musulmane rigoriste. Au contraire, même. Quand ils ne s'étaient pas eux-mêmes convertis à l'islam, c'étaient de jeunes musulmans issus de familles à peine pratiquantes. Ils glanaient çà et là des textes coraniques pour légitimer leur combat sacré. Tous cherchaient quelque chose dans ce « narratif radical », comme il appelait ça. De l'aventure, de l'héroïsme. Une soupape à la colère et à la frustration. Un sens. Souvent, ils avaient le sentiment d'être des ratés : nés dans des quartiers pauvres et surpeuplés, élevés dans des logements insalubres, affublés d'un handicap social irrattrapable, ils se retrouvaient un jour à la rue, sans argent, sans formation, parfois avec un casier judiciaire. Ils se tournaient alors vers la foi. Le combat sacré leur donnait une direction. Une voie de salut. D'autres travaillaient jusqu'à avoir tout ce que le capitalisme pouvait offrir, mais ensuite arrivait le vide. Le sentiment de culpabilité. Cette maison neuve, cette voiture, ce téléviseur à écran plat, était-ce pour cela qu'ils travaillaient ? Pendant ce temps, des musulmans étaient opprimés dans le monde entier. S'ils partaient pour la Syrie, ils pouvaient se rendre utiles, défendre leurs frères et sœurs, devenir des combattants.

Si nécessaire, des martyrs, des *chuhada*, avec à la clé un aller simple pour le paradis. Tous étaient scandalisés par les images atroces de la guerre en Syrie. Selon son père, une guerre dont l'Occident, avec son arrogance habituelle, se désintéressait de manière honteuse.

Son haleine formait de la vapeur dans l'air frais, et le brouillard s'épaississait. Tout ce que son père avait pensé, raconté, écrit, elle l'utiliserait maintenant dans son travail. Ainsi, tout cela n'aurait pas été vain. Elle le rendrait fier, même s'il ne pouvait plus le lire lui-même. Tous les livres importants, elle les avait dans son sac. Un instant, elle avait même pensé prendre le dossier pénal caché sous son matelas à la maison, mais s'était ravisée tout de suite. Zala ne voudrait pas en entendre parler. D'ailleurs, elle-même ne savait pas exactement ce qu'il contenait.

C'était le dossier d'une ex-cliente, trouvé parmi les affaires de son père. Par hasard. De tout ce qui s'était passé après sa mort, la découverte de ce dossier avait été la chose la plus incroyable. Il datait de l'année dernière et concernait une fille, mineure, qui avait tout juste deux ans de plus qu'elle et qui avait rejoint Daech. Elle frissonna rien que d'y repenser. Presque chaque jour, à un moment ou à un autre, elle le saisissait, le tenait entre ses mains, effrayée, sentait bouillonner son sang de tout ce qu'elle voulait savoir, tournait les premières pages, mais la peur de ce qu'elle pourrait y trouver le lui faisait refermer aussitôt. Il s'y cachait des choses qu'elle ne voulait pas savoir. Des choses liées aux coups de fil que sa tante avait passés à voix basse juste après la mort de son père. Elle en avait capté des bribes. Il s'était passé quelque chose à son travail. « Tu le connais, l'entendit-elle dire un jour, il prenait fait et cause pour ces enfants, ça lui tenait tellement à cœur. »

Soudain, Sophie s'arrêta net. Il ne fallait pas qu'elle réfléchisse à ça non plus maintenant. Mais elle n'avait pas plus tôt chassé cette pensée qu'une autre revenait à la charge. Celle qui l'assaillait au moindre moment d'inattention. Où est ma place ? Pour qui j'existe encore ? Son cuir chevelu se contracta sous l'effet d'une angoisse insondable. Sa mère était morte depuis si longtemps. Elle ne l'avait pas connue. Son père aussi était mort à présent. De ceux qui l'aimaient le plus, il ne restait personne.

2

ZALA HABITAIT tout en haut du dernier immeuble de la rue. Sophie sortit de l'ascenseur trois étages plus bas et continua à pied pour tâcher de maîtriser ses nerfs. Elle voyait à peine à quelques centimètres devant elle. L'interrupteur ne fonctionnait pas. Elle prit son téléphone et regarda, sur le rectangle de lumière de son écran, le temps s'écouler par petits sauts, brefs et nerveux. Quinze heures cinquante-sept, quinze heures cinquante-huit, quinze heures cinquante-neuf. Elle gravit la dernière marche, le sang battait dans ses oreilles. C'était là. Les chiffres lumineux sautèrent pour indiquer seize heures et, ne trouvant nulle part de sonnette, elle frappa trois petits coups à la porte.

Une femme ouvrit. Ce devait être la mère de Zala : elle avait le même visage allongé et la même bouche, avec une lèvre supérieure courte et légèrement retroussée. Elle était un peu plus petite que sa fille. La femme resta un moment dans l'embrasure de la porte sans rien dire.

« J'habite avec ma mère, mon oncle et mes petits frères », lui avait confié Zala. C'était trois jours auparavant, la première fois qu'elles s'étaient parlé. Les semaines précédentes, les premières de l'année scolaire, Sophie n'avait rien fait pour se rapprocher d'elle. Mais elle la suivait du regard et sentait sa présence, même quand elle ne la voyait pas.

Zala était nouvelle à l'école. Elles n'étaient pas dans la même classe, mais c'était toujours Zala qui attirait son attention dans les couloirs. Souvent en jean noir, tee-shirt Nike, foulard et baskets blanches. La plupart du temps seule, comme Sophie. Il y avait quelque chose dans sa façon de poser parfois les yeux sur elle et de vite les détourner lorsqu'elle était prise sur le fait... Je suis vue. On aurait dit que des étincelles de lumière jaillissaient de son visage. Était-ce parce qu'elle connaissait le Dieu des récitations ? Ou bien ça n'avait rien à voir ? Sophie avait cherché son nom et en effet : Zala signifiait « soleil ». Ou « clarté ». Littéralement, « qui brille ou qui scintille ».

Une fois, elle la croisa dans le laboratoire de chimie et constata qu'elles portaient exactement les mêmes baskets. Elles se regardèrent un instant avec étonnement, rirent, puis continuèrent timidement leur chemin. Tu vois bien qu'il y a quelque chose, s'était-elle dit. Pourtant, il avait encore fallu une semaine pour qu'elles se parlent. Le troisième mercredi de septembre, lors d'un cours commun d'éducation physique avec l'autre classe de première. C'était l'un des derniers jours de l'été, le soleil était bas, mais l'air était brûlant de chaleur. Elles jouaient au softball sur deux terrains adjacents. Sophie se tenait à la dernière base, attendant une action, quand Zala déboula devant elle. Elle la vit se baisser et tendre le bras pour ramasser la balle tombée dans l'herbe. Quand elle se redressa, Sophie dut lever les yeux : elle la dépassait presque d'une demi-tête.

« Salut », lui lança Zala, s'attardant un instant.

Son front était couvert de taches de rousseur sous son foulard noué lâchement.

« Salut. »

Mais qui es-tu ? pensa Sophie tout en faisant mine d'examiner le grain de son gant en cuir. Qui es-tu ? Reste.

J'aimerais tellement te connaître. Mais Zala était repartie en courant.

« Il est quatre heures », dit Sophie.

La mère de Zala se tenait toujours dans l'embrasure de la porte.

« Je viens pour... je viens pour faire mes devoirs. »

Cela sonnait puéril, elle aurait pu dire autre chose. Dans un réflexe, elle saisit son téléphone dans sa poche, contracta les muscles de sa main. Elle avait chaud. La femme ne réagit pas tout de suite, si bien qu'elle ajouta rapidement :

« Je viens pour Zala. »

Zala, se répéta-t-elle en pensée, Zala la Clarté.

Au même moment, elle se revit couchée de tout son long, pour la dernière fois, dans l'appartement où elle avait vécu avec son père. Allongée seule par terre dans le salon déjà vidé, maintenue à sa place par un rayon de soleil oblique, pointé sur elle comme une lame. Est-ce à ce moment-là que c'était arrivé ? Peut-être. Une décision prise malgré elle, et pourtant quelque part en elle. Je dois continuer ce qu'il a commencé. Je dois me rapprocher de Lui. Du Dieu du Coran. Le Dieu des musulmans. Je ne sais pas pourquoi, mais c'est ainsi. Je ne sais pas non plus si j'ai le droit, ni comment je dois faire, mais c'est là que je dois aller.

La femme esquissa un faible sourire, toujours sans rien dire, puis tourna la tête en direction du couloir et cria quelque chose dans une langue que Sophie ne comprenait pas. Du dari, pensa-t-elle, ou du pachto. Son visage fatigué la faisait paraître plus âgée qu'elle ne l'était probablement.

Alors que la femme se passait fugacement un doigt dans le cou, la lumière tomba sur le dos de sa main étroite, révélant un beau motif de lignes entrelacées, dessinées au henné. Des signes d'un autre monde. Le secret. Elle frémit mais se rappela à l'ordre immédiatement. Ne sois pas puérile. Elle serra les mâchoires et attendit la petite voix dans sa tête qui viendrait la secouer comme un prunier. Tu n'as pas ta place ici. Tu dis que tu trouves l'islam si beau et que tu voudrais en faire partie, mais qu'en est-il des vidéos que tu regardes en cachette la nuit ? Tu n'as toujours pas arrêté. Arrête ça ! Si tu n'arrêtes pas, tu n'y arriveras jamais. Elle eut alors une autre pensée qu'elle refoula. Si tu n'arrêtes pas, Dieu ne voudra pas de toi. Elle plissa fortement les yeux quelques instants, retint l'air dans ses poumons, et le silence revint dans sa tête.

Prudemment, elle avança d'un pas. Le palier était plongé dans la pénombre. Il y avait quatre portes, toutes fermées. Zala va venir. Ne dis rien de stupide, surtout. Ne gâche pas tout. Du couloir parvint une odeur, forte et sucrée, avec une pointe âpre, qu'elle n'avait jamais sentie avant.

« Coucou, Sophie. »

Elle ne l'avait pas entendue arriver.

« Coucou, Zala. »

Ce chaud après-midi du mercredi s'était traîné. Septième heure, latin, huitième heure, mathématiques. Il faut que je lui parle. C'était la seule chose que Sophie avait en tête. Il faut que je lui parle. Comme si elle l'avait senti, Zala attendait dans le couloir en face de la salle de biologie. Sophie alla droit vers elle. Trois fois de suite, elle cligna des yeux pour que rien de stupide ne sorte de sa bouche.

« Salut Zala.

— Salut.

— Je m'appelle Sophie.

— Je sais.

— Je pourrais te parler ? »

Cela devait paraître bizarre et elle ne comprenait pas pourquoi elle s'y était prise ainsi. Elle inspira profondément pour calmer les battements de son cœur. Mais Zala ne semblait pas perturbée.

« Tu voudrais me parler », répéta-t-elle comme une simple constatation. Elle plissa légèrement les yeux.

Sophie acquiesça, essayant autant que possible de faire le vide dans sa tête.

« J'aimerais te parler un jour, c'est possible ?

— Mais tu es en train de me parler, non ? »

Le logo Nike sur son tee-shirt se déplaça lorsqu'elle se rapprocha. À présent, elle pouvait très bien voir ses yeux aussi, des iris marron clair avec des mouchetures et des éclats d'ocre près de ses pupilles. Ils semblaient flamboyer.

Les deux filles se tenaient l'une en face de l'autre dans le couloir qui se rétrécissait.

« C'est à propos de la religion, osa-t-elle.

— Quelle religion ? »

Zala chercha à tâtons la chaînette en or qu'elle portait à son cou, saisit machinalement le pendentif entre le pouce et l'index, le fit tourner, puis le relâcha. Des caractères arabes y étaient gravés et Sophie la reconnut immédiatement. La *chahada*. La partie centrale de la prière. Et en même temps, la profession de foi qu'on prononçait en tant que converti. Celui qui proclamait à voix haute qu'il n'y avait qu'un seul Dieu ayant le droit d'être adoré, Allah, et que Mahomet était son messager, pouvait se dire musulman. Elle l'avait écoutée tellement de fois sur Internet, s'entraînant à bien la prononcer, qu'elle la connaissait par cœur. *Ach-hadou an la ilaha illa Allah*… commença-t-elle dans sa tête. Elle coupa court à sa récitation intérieure.

« Je veux parler de l'islam. » S'entendre dire ces mots tout haut la troubla. Son dos se raidit.

Un froncement creusa une petite ligne verticale entre les sourcils de Zala, qui secoua lentement la tête de gauche à droite.

Un silence.

Gênée, Sophie sourit, se mit à triturer un trou dans la manche de sa veste de survêtement et dit :

« Je fais mon travail de fin d'année sur la violence et l'islam. Sur le djihadisme chez les jeunes. »

Zala éclata d'un rire moqueur.

« Ah, tu veux des infos sur l'islam, alors tu te dis : "Fastoche, je demande au premier musulman qui passe" ?

— Non, non, répliqua-t-elle. Bien sûr que non, ce n'est pas ça.

— Hum.

— Je m'intéresse à l'islam depuis longtemps. J'ai grandi avec. Enfin… mon père s'y intéressait.

— Ton père ?

— Oui, il s'y connaissait bien.

— Il était musulman ?

— Non, ça, non. »

Sophie détourna un instant les yeux.

« Il trouvait que c'était une belle religion, c'est tout. Il aimait les hadiths, les récitations. »

Elle se prépara à devoir expliquer qu'il n'était plus en vie. Elle ouvrit la bouche, mais lorsqu'elle leva la tête, quelque chose dans le regard de Zala lui dit que ce n'était pas la peine, qu'elle avait compris.

« Pourquoi tu t'intéresses aux djihadistes alors ? » demanda Zala en la scrutant d'un air interrogateur.

En même temps, l'expression dans ses yeux semblait se réchauffer.

Il s'agissait à présent de tout expliquer correctement.

« En fait, oui, mon travail parlera de la violence et l'islam, du djihadisme donc, mais je veux justement expliquer que… euh, l'un n'a rien à voir avec l'autre. »

Cela sonnait trop comme des excuses. Elle devait le formuler autrement. Après tout, il n'y avait pas de quoi avoir honte, au contraire, c'était un très bon sujet pour un travail de fin d'année. Son père aurait été fier, elle en était sûre. Elle poursuivit :

« Maintenant, avec le califat, Daech et compagnie, beaucoup de gens disent que l'islam est violent, mais, euh... ce n'est pas vrai, bien sûr. Les jeunes musulmans qui vont là-bas le font pour de tout autres raisons, c'est beaucoup plus compliqué que ça. »

Elle aurait voulu faire passer toute l'importance, toute l'urgence du sujet, mais elle n'était pas sûre d'y parvenir.

Zala ricana avec mépris.

« Comment ça, compliqué ? »

Ses pupilles se dilataient.

« Eh bien, euh... je veux dire que les musulmans n'y vont pas parce que le Coran prêcherait la violence.

— Les djihadistes ? Tu parles des djihadistes ?

— Oui !

— Mais ce ne sont pas du tout des musulmans.

— Hein ?

— Tu dis que tu connais bien l'islam ? Un vrai musulman ne fait pas ce genre de choses. »

Oui, bien sûr, c'était vrai. C'était exactement ce que son père disait toujours aussi. Tu vois, il avait raison. Pourtant, ça n'allait pas. Elle ne s'était visiblement pas bien exprimée. Elle soupira et repensa à son père qui répétait qu'il fallait savoir être patient quand on voulait obtenir quelque chose d'important. Doucement, elle répondit :

« C'est exactement ce que je veux montrer. »

Elle s'apprêtait à ajouter autre chose, mais Zala la devança.

« Tu veux donc écrire sur la Syrie, conclut-elle. Là-dessus, je ne vais sûrement pas pouvoir t'aider. »

Zut, elle devait clarifier ses explications.

« Non, pas sur la Syrie. Sur l'islam. Sur ce qu'est vraiment l'islam. Sur le fait que justement il prêche la paix et la tolérance. »

Islam, islam, fit-elle avec irritation dans sa tête. Arrête de répéter ce mot tout le temps. Je dois simplement expliquer comme papa le faisait.

« C'est profondément triste. Des enfants néerlandais sont séduits par Daech et se retrouvent mêlés à une guerre avec laquelle ils n'ont rien à voir. Ils reviennent du califat traumatisés à vie ou meurent d'une mort insensée loin de chez eux... »

Zala se mit à rire.

« N'importe quoi. C'est eux qui sont partis, non ? »

Le visage de Zala se crispa, faisant encore plus ressortir sa bouche. Sa lèvre supérieure était courte et très légèrement retroussée. Juste au-dessus, une couture étroite, une cicatrice, remontait en diagonale en direction de son nez.

Un instant, Sophie chercha encore des mots simples, sans artifices, pour exprimer ce qu'elle voulait dire, ce que son père voulait dire, de quoi il retournait vraiment, mais elle se rendit compte que ces mots n'existaient pas et elle alla alors droit au but :

« Je voudrais qu'on le fasse ensemble.

— Quoi ?

— Notre travail de fin d'année. J'ai entendu dire qu'on pouvait le faire en binôme...

— Toi et moi ?

— Oui.

— Sur la Syrie ?

— Sur la vraie nature de l'islam. »

Zala soutint son regard sans ciller.

Sophie essayait de contenir sa nervosité. Si Zala recommençait à parler avant neuf secondes, tout irait bien. Un, deux, trois, quatre, cinq, six...

« OK, dit Zala, c'est d'accord. De toute façon, je n'avais pas encore de sujet. »

Elle saisit une mèche de cheveux qui avait glissé sur son front et la repoussa sous son foulard.

« Mais pas sur la Syrie. Je n'y connais rien, et ça ne m'intéresse pas. Surtout pas les gamins qui partent là-bas. Ce sont des losers, c'est tout. »

Elle vomit ces mots comme si elle avait mis en bouche de la nourriture pourrie et la recrachait juste à côté de ses baskets immaculées.

Un rire joyeux traversa Sophie. Elle secoua la tête pour se débarrasser de cette impression, sûrement le fruit de son imagination. Elle voulut répondre, mais avant qu'elle ait eu le temps de dire quoi que ce soit, Zala reprit :

« Mais pas gratuitement.

— Hein ? Quoi ?

— Je ne le fais pas gratuitement.

— Qu'est-ce que tu veux dire ?

— Tu vas me demander des choses. Alors moi aussi, je vais te demander des choses. »

Une chaleur désagréable embrasa le cou de Sophie et se propagea à son visage.

« Quoi, par exemple ?

— Je sais bien qui tu es. »

Le regard de Zala était à la fois sérieux et joueur.

« Moi ?

— J'ai entendu des rumeurs, dit-elle d'un ton mystérieux. Tu es bien la fille qui apprend l'arabe, non ?

— Euh… Oui.

— Alors c'est vrai ! s'écria-t-elle en éclatant de rire. C'est vraiment vrai ! »

Sophie ne sut quoi dire. Comment Zala était-elle au courant ? Elle en avait parlé une fois à une amie, mais c'était il y a plusieurs mois. Apparemment, l'information s'était répandue. Elle sourit. Après tout, moi aussi je sais toutes sortes de trucs sur Zala, pensa-t-elle. C'est normal qu'elle sache des choses sur moi.

Zala se pencha un peu en avant et fit claquer sa langue.

« Je veux que tu me l'apprennes. »

À nouveau, elle la regarda droit dans les yeux.

« Je suis des cours depuis des années, mentit Sophie.

— Alors, dis-moi quelque chose en arabe.

— Mmh… *Hal alma barid* », dit-elle à brûle-pourpoint.

Une des dernières petites phrases qu'elle avait apprises avec son père.

La voix de Zala fusa, tout à coup joyeuse.

« Cool ! Ça veut dire quoi ?

— "Est-ce que l'eau est froide ?"

— Hahaha.

— Mais tu ne le parles pas alors ?

— Non. On ne va pas à l'école coranique. Notre alphabet est presque le même qu'en arabe, mais les mots et les sons sont complètement différents. Dis un peu autre chose.

— Mmh… *Ana burdan.* "J'ai froid."

— Ça alors, dit Zala en souriant, tu n'étudierais pas pour devenir imam, par hasard ?

— Un imam qui nage dans l'eau froide. »

Et tandis qu'elles s'esclaffaient comme si c'était la chose la plus drôle qu'elles aient jamais entendue, Sophie sentit s'envoler ses dernières réserves. Le rire de Zala était contagieux et lui semblait étrangement familier. Tout à coup, Zala eut un regard très particulier, comme si elle était perdue dans ses pensées. Le front plissé et les yeux mi-clos.

« Tu passeras un de ces jours ? demanda-t-elle.

— Où ça ?

— Chez nous, à la maison. »

Sophie acquiesça, songeuse, la regardant comme si elle ne la croyait qu'à moitié.

« Vraiment ?

— Oui. Pas aujourd'hui, parce que je dois accompagner ma mère à… comment ça s'appelle… l'état civil. Mais viens vendredi.

— Vendredi, d'accord. »

Bien que sur ses gardes, Sophie sentit une vague d'excitation la traverser. Elle avait du mal à croire que cela avait vraiment marché : une invitation à la maison chez la seule fille de son année dont elle était sûre qu'elle était musulmane. Zala la regardait toujours avec la même expression. Puis elle s'étira, bâilla et enfila son sac à dos :

« Je rentre, j'ai faim. On se voit vendredi. »

Ici, dans le couloir de son appartement, Zala n'était pas la même qu'à l'école. Elle était très belle. Ses yeux étaient légèrement maquillés et ses cils noirs, recourbés, frôlaient ses paupières. Elle ne portait pas de foulard et ses cheveux ondulés tombaient sur ses épaules. Elle ne portait pas non plus de jean, mais un long pantalon en tissu surmonté d'une robe beige bordée de petites perles brillantes. En pensée, Sophie vit Zala esquisser quelques pas légers et tourner sur elle-même, ses vêtements virevoltant autour de son corps. Elle s'imagina portant la même robe, tournoyant à son tour, le tissu ondulant autour de ses cuisses. Le fin duvet sur ses bras se dressa et toucha le nylon de sa blouse. Elle voulut complimenter Zala à propos de sa tenue, mais s'abstint, et dans l'interstice de silence s'insinua une tension. Zala la considérait comme si elle ne s'attendait pas réellement à sa visite. Pouvait-elle encore partir ? Derrière l'une des portes, elle entendait des voix étouffées qui se disputaient, qu'elle ne comprenait pas. Quelque part dans l'immeuble, une porte claqua et des pas pressés dévalèrent l'escalier.

« Tu m'avais dit de passer, prononça Sophie d'une voix rauque.

— Oui. Entre. On va d'abord s'asseoir un peu avec ma famille. »

Elle suivit Zala jusqu'à la porte la plus à droite, qui s'avéra donner sur la salle de séjour. La pièce était sobre, l'espace occupé par une table basse carrée, un canapé en cuir noir recouvert d'un plaid à longues franges. Au sol, de gros coussins à fleurs brodées étaient posés sur un épais tapis. Sophie demeurait indécise, ignorant si elle devait s'avancer ou s'asseoir.

Soudain, elle s'aperçut qu'il y avait quelqu'un d'autre dans la pièce. Un homme trapu, assis par terre dos au mur contre l'un des coussins relevés. Ce devait être l'oncle de Zala. Ce n'est que lorsqu'il bougea qu'elle put mieux le voir. Que faisait-il là ? Peut-être s'apprêtait-il à aller à la prière ? Ou bien en revenait-il ? C'était vendredi, le jour où les hommes se rendaient à la mosquée. S'il venait de rentrer, les sons de la *salat*, la prière, l'habitaient sans doute encore.

Instantanément lui revinrent en mémoire les soirées sombres et pluvieuses où elle était assise dans l'escalier, les yeux fermés, tandis que les sonorités des récitations pénétraient dans son corps. Ça me rend si triste, se disait-elle souvent, et pourtant elle demeurait là. Et puis, soudain, le chant s'arrêtait, tout devenait silencieux et elle restait un long moment encore, les coudes sur les genoux, à méditer dans le noir. Depuis la mort de son père, elle n'osait plus les écouter. Aussitôt, son esprit passa aux vidéos, qu'elle aurait bien voulu ne plus regarder non plus, mais qu'elle avait tout de même cherchées. Toutes les fois où elle s'était cachée sous les couvertures, les mâchoires serrées et les joues chaudes, tandis que tatie Lulu jouait du Bach en bas. Impossible de rester tranquillement allongée, surtout après le choc des premières fois où elle avait vu crépiter les kalachnikovs. La nausée. Même soulevée par un haut-le-cœur, elle ne cessait de regarder, penchée en avant. Le dégoût de ce qu'elle faisait, tandis que ses mains refusaient obstinément de lâcher l'ordinateur portable. Lorsqu'elle sentait les premiers signes de fatigue et voulait s'endormir, elle fermait les yeux et essayait en vain d'oublier ce qu'elle avait vu.

Elle reporta son regard sur l'oncle. Ignorant si elle devait lui serrer la main, elle avança et recula maladroitement, puis finit, mal à l'aise, par s'installer sur un coussin que Zala lui avait indiqué. L'homme lui adressa un signe de tête et elle regarda prudemment autour d'elle. Les fleurs du papier peint étaient estompées et la lampe qui pendait au plafond éclairait à peine. Pour le reste, une seule autre lampe était allumée, dans un coin, près d'une armoire dans laquelle elle aperçut des couvertures empilées. L'ampoule brillait très faiblement, une lueur sourde qui, étrangement, semblait encore assombrir la pièce.

Zala s'absenta un moment et revint avec du thé, du sucre, des noix et des gousses que Sophie reconnut comme étant de la cardamome, car son père en mettait parfois dans ses plats. Zala versa la cardamome dans les verres puis les remplit d'eau bouillante.

Du coin de l'œil, Sophie épia l'oncle à sa droite. Il avait un visage acéré, deux profonds sillons qui couraient de son nez à sa lèvre supérieure, les commissures tombantes. Il portait une longue tunique, ample et évasée, mais étroitement resserrée autour du cou. Derrière lui, à la porte, pendaient côte à côte, à intervalles réguliers, trois cintres avec trois autres tuniques similaires. Toutes de la même teinte, soigneusement amidonnées, comme encore chaudes du passage du fer qui leur avait imprimé en sifflant ces plis rectilignes.

Sophie se détendit un peu et s'étonna intérieurement : Tout paraît si étrange et bizarrement familier. C'est comme si j'étais déjà venue ici. Dans son esprit surgit un verset qu'elle avait lu la veille au soir dans son coran. *L'homme regarde autour de lui, se renfrogne, tend le cou et dit : « Ceci n'est que de la magie. Ce n'est là que la parole d'un humain. Je vais le brûler dans le feu.* » Elle avait recopié la traduction à la fin du livre et ne se lassait pas de la relire, émerveillée ; elle la trouvait magnifique, même si elle n'avait aucune idée de ce que cela signifiait.

L'instant d'après, du bruit parvint en provenance de la cage d'escalier. Quelqu'un montait à vive allure. L'écho des pas sur le palier la ramena à ces minutes où elle avait arpenté leur ancien appartement, traversant les pièces vides. Le camion de déménagement venait de repartir. Sa tante l'attendait en bas, elle aurait bien aimé entrer avec elle, mais Sophie devait et voulait le faire seule. Partout, elle jetait un dernier coup d'œil. Il ne restait vraiment plus rien de lui ? Elle avait regardé dans la chambre à coucher, ouvert les placards, la réserve à provisions, tout était vide. Dans l'arrière-cuisine, on n'entendait que le faible bourdonnement du réfrigérateur qui était toujours là, avec son cordon trop long noué en boucle. Dans le couloir, elle avait inspecté les cartons destinés à la ressourcerie. Des disques, des livres à la couverture abîmée, des cahiers encore vierges, un vase. Soudain, une vieille enveloppe vide, dont elle avait su qu'elle faisait partie de la liasse de lettres et de cartes postales que sa mère avait jadis écrites à son père. Elles se trouvaient à présent dans un coffret sous son lit, avec des photos et d'autres affaires ayant appartenu à sa mère. Son père lui avait lu des passages de ces lettres parfois. Un instant, elle l'avait revu assis, penché sur la pile de feuilles. Le frisson qui parcourait son visage lors des premières phrases. Longtemps, elle avait éprouvé en secret de la rancœur, ce qu'elle trouvait horrible. Lui, il avait connu sa mère en vrai, alors qu'elle n'avait que ce coffre rempli d'objets sans vie.

En tout dernier lieu, cet après-midi-là, dans leur appartement, elle était montée quatre à quatre au grenier. C'est au fond d'un carton également prêt pour la ressourcerie, parmi d'autres disques et d'autres livres encore, qu'elle l'avait trouvé : le dossier d'une de ses clientes. Comment s'était-il retrouvé là ? Avait-il vraiment atterri par accident parmi ses affaires personnelles ? Elle avait compris tout de suite ce que c'était. La couverture en carton, des feuilles qui débordaient, le tout maintenu par de gros élastiques usés, des notes qui dépassaient. Un étau s'était refermé autour de son cou. Jamais son père ne l'aurait autorisée à mettre le nez dans ses dossiers. Il avait même un coffre-fort, vidé la veille par des gens de son cabinet. Sur la couverture, on pouvait lire en grosses lettres noires : *10894. Isra El Hannouri,* et une date de naissance, deux ans pile avant la sienne. Et en dessous : *Article 140a du Code pénal, participation à une organisation terroriste.* Elle s'était raidie. Vite, elle avait caché le dossier sous son pull et boutonné son manteau par-dessus. Chez sa tante, elle avait soulevé son matelas pour le glisser, les yeux fermés, le plus loin possible.

L'oncle de Zala était assis, les genoux joints, la main entourant le bord de son verre, immobile. Un instant, Sophie sentit sa peau la gêner et tirer derrière ses oreilles, comme si elle aussi portait un habit serré comme celui de l'oncle. Elle regarda furtivement la porte du salon, que Zala avait refermée. Cette dernière était assise plus loin avec l'un de ses petits frères dans ses bras, elle parlait et riait, ne faisait pas attention à elle. Sophie inspira et expira lentement. Ça va aller. Je ne devrais peut-être pas chercher à savoir ce qu'il y a dedans. Qui était Isra El Hannouri. Comment était sa relation avec papa. Tout ce qu'il était prêt à faire pour elle. Combien d'heures ils avaient parlé tous les deux. D'ailleurs, j'ai déjà réussi à arrêter de la googler. Pas à cesser de regarder les deux ou trois photos qu'on trouve d'elle sur le Net. Des images floues de paysages venant d'un compte Facebook qui apparemment n'a pas été utilisé depuis longtemps. Mais ça veut dire que je devrais y arriver aussi. Je vais le jeter.

Demain, je le jette. Elle bougea légèrement. L'oncle de Zala demeurait silencieux, mais dans l'imagination de Sophie, il avait entamé une conversation avec elle. Il ne connaissait pas le néerlandais et parlait en anglais.

« *Are you also a muslim ?*

— *Yes, I am a muslim* », répondit-elle en le scrutant du regard.

Il hocha la tête et sourit d'un air approbateur. Immédiatement, elle pensa aux prénoms féminins islamiques qu'elle trouvait si beaux.

« *I am Yasmina*, dit une voix puissante, impérieuse à l'intérieur d'elle. *I am Sabah. I am Azad. I am a muslim.* »

Elle redressa le dos. Je vais devenir musulmane, comme vous, pensa-t-elle. L'espace d'une seconde, elle éprouva la chaleur de l'impression d'avoir trouvé sa place, d'appartenir à un groupe. Elle se tint toute droite. Je vais devenir musulmane. Tout comme mon père aurait peut-être voulu l'être. Même si elle n'en était pas sûre. Il disait toujours que non. Mais elle n'avait plus osé lui poser la question durant les derniers mois.

Soudain, elle se souvint d'une nuit, elle avait dix ans et, pour la première fois, il n'était pas rentré du travail. Le soir, elle était allée au lit toute seule, comme elle en avait l'habitude les jours où il restait plus tard à une audience, quelque part loin de la maison. Mais lorsqu'elle s'était réveillée la nuit en sursaut et qu'elle avait ouvert les yeux, elle avait senti tout de suite qu'il n'était pas encore revenu.

« Papa ? Tu es là ? » avait-elle appelé, entendant sa propre voix laisser un écho trouble à travers sa chambre.

Personne n'avait répondu.

« Papa ? avait-elle murmuré effrayée, en s'agrippant au bord du lit. Tu es là ? »

La nuit était comme une caverne toute noire autour d'elle. Elle était demeurée des heures figée sous les draps. Jusqu'au bruit de la clé tournée doucement dans la serrure de la porte d'entrée, les pas feutrés dans le couloir, puis la musique assourdie à travers les murs. Chopin. Il l'écoutait toujours quand sa femme lui manquait.

Sophie avait quitté son lit.

« Où tu étais ? » avait-elle demandé tout bas à l'obscurité.

Elle était sortie de sa chambre, avait longé le couloir et vu que la porte du salon était ouverte. Il lui tournait le dos, la tête dans les mains. Elle s'était avancée sur le carrelage, avait laissé tomber la peluche qu'elle avait emportée. Il s'était retourné et l'avait regardée d'un air bizarre, tellement bizarre qu'elle avait pris peur. Elle avait fait volte-face et avait regagné sa chambre en courant, mais il ne l'avait pas suivie.

Le lendemain matin, de bonne heure, l'ordinateur du petit bureau de son père était déjà allumé. Elle était entrée et avait vu que ses épaules tressautaient tandis qu'il tapait sur le clavier à toute vitesse.

« Eh, moineau », avait-il dit, le blanc de ses yeux zébré de petits vaisseaux rouges.

Doucement, d'abord sans lâcher l'écran du regard, il l'avait prise sur ses genoux, puis avait plongé ses yeux dans les siens et enfouis son nez dans ses cheveux.

« Je suis désolé, Fifi. »

Sur l'écran, un minuscule trait noir clignotait, pulsant comme un battement de cœur régulier. Elle fixait ce trait du regard. Il fallait absolument qu'il continue de battre. S'il s'arrêtait, eux aussi cesseraient d'exister.

« Viens, on va dans ma chambre. »

Zala s'accroupit à côté de Sophie, son visage soudain très proche, la ligne pâle de sa mâchoire et de ses pommettes. Elle lui tendit la main pour l'aider à se relever. Oui, pensa Sophie, je le veux aussi. Juste nous deux. Elle se laissa conduire dans le long couloir étroit. Elles passèrent par la cuisine, où Zala reprit du thé et une assiette de quatre-quarts coupé grossièrement. Les fenêtres étaient ouvertes et l'air était frais, avec un soupçon d'odeur de soude venant du sol nettoyé. Des feuilles de légume ressemblant à des épinards, fraîchement lavées, pendaient aux barreaux d'une étagère dans le fond de la cuisine, certaines gouttant, de sorte que de minuscules flaques se créaient sur le torchon étendu juste en dessous. Le rire des petits frères de Zala dans la pièce qu'elles quittaient.

Un muscle tremblota dans le cou de Sophie. Regarde, papa, où je suis. Tout ce qui se passe. Nous allons discuter du travail de fin d'année. De tes idées. De l'arabe. Tout se rejoint. Et ce n'est que le début.

La chambre de Zala était exiguë. Sophie savait qu'elle y dormait avec ses frères. C'était un vrai capharnaüm. Partout il y avait des marqueurs, des autocollants, des crayons. Elle vit le même tapis qu'au salon, rouge aux poils denses et inclinés, comme si un vent persistant les poussait dans cette direction. Elle fit quelques pas à l'intérieur, ici aussi il y avait des coussins dans des teintes claires et foncées de rouge et de violet, et une lueur rougeâtre émise par une lampe en forme de flamme. Une lumière douce et miséricordieuse. Pourtant, quelque chose l'empêchait encore de se mouvoir à son aise. Comme si elle risquait à chaque mouvement de briser un objet impossible à recoller.

« Assieds-toi, dit Zala, je vais chercher du Coca. »

Peu après, elle entendit des voix rieuses à travers le mur. Zala et sa mère. Sophie se recroquevilla et pensa à la voix de sa tante, ce chaud après-midi de printemps. Sophie rentrait de la rivière où elle était allée se baigner et s'était retrouvée nez à nez avec tatie Lulu au milieu du salon. Elle avait compris aussitôt que quelque chose n'allait pas. Sa tante était restée d'abord sans bouger, les bras raides le long du corps. Puis elle s'était approchée de Sophie. La douceur, la précaution dans ses mots : « So, ma chérie, viens ici. Assieds-toi. So. Il s'est passé quelque chose de grave.

So, ton père a eu un accident. Ma puce, viens ici, moineau, viens t'asseoir près de moi. » Ne m'appelle pas moineau, ne m'appelle pas comme ça ! avait-elle crié en pensée à sa tante. Il n'y a que papa qui peut ! « Ton père. Il est arrivé quelque chose, ma chérie. Quelque chose est arrivé à ton père. Non, ne sois pas sotte. Ne dis pas ça. Non, bien sûr que non. Non, ma chérie. » Alors sa tante s'était saisie de son visage à deux mains et avait planté son regard dans le sien. Sa voix avait changé. « Regarde-moi. Écoute, tu ne dois plus jamais penser ça, jamais, tu m'entends ? Parce que ce n'est pas le cas. Il n'aurait jamais fait ça. Il ne t'aurait jamais fait ça. C'était un accident, il est bêtement tombé de vélo. » Un accident. Un accident. Les mots avaient commencé à se répéter en elle. C'était un accident. La sécheresse lui brûlait la gorge, une vague était montée vers elle, mais juste avant qu'elle ne déferle et la submerge, Sophie était parvenue à se calmer. J'ai toujours pensé que sans lui je ne serais personne. Que sans son regard sur moi je n'existais pas. Mais peut-être que ce n'est pas vrai. Voilà en tout cas du neuf dans ma vie.

Le monde se ranima.

« Tu as l'air toute bizarre ! Qu'est-ce que tu as ? »

Sophie sursauta en entendant la voix de Zala, ouvrit les yeux, eut un sourire d'excuse et se rendit compte qu'elle n'avait pas bougé d'un pouce. La main de Zala était là, et, avec une drôle de chaleur très agréable, la poussa doucement vers le sol. Alors elle se laissa glisser, le dos contre le mur, prit un coussin contre elle et enlaça ses genoux. Elles restèrent un moment assises ainsi côte à côte. Il s'était remis à pleuvoir.

Sophie, qui d'abord n'osait plus regarder autour d'elle, laissa errer son regard. Il n'y avait pas de lit dans la chambre de Zala, seulement d'épaisses nattes. Sur les planches d'une armoire ouverte qui montait presque jusqu'au plafond étaient empilés des draps, des couvertures et des sacs de couchage. Il y avait une petite table entourée de piles de manuels scolaires et de cahiers, et une grande affiche collée au mur avec du scotch. Sur l'image, il y avait des lettres mystérieuses qu'elle ne pouvait pas déchiffrer, des coupures d'un journal étranger et un drapeau qui lui était inconnu. À côté, on avait épinglé la photo d'un jeune homme. Un turban savamment enroulé autour de la tête, il se tenait droit comme un piquet dans un paysage montagneux. Un officier, pensa-t-elle, ou en tout cas quelqu'un de l'armée. Il portait une belle veste, peut-être avec des insignes sur le col. On ne voyait pas bien, il y avait une tache au niveau de ses épaules. Comme ceux de Zala, ses yeux semblaient émettre une lumière qui éblouissait l'objectif.

Sophie ne pouvait en détacher le regard. Ce garçon ressemblait tellement à Zala, ce devait être un proche parent. Un frère aîné ? Un cousin ? Son père ? Était-ce possible ? S'agissait-il d'une vieille photo ? Les couleurs étaient passées, comme si elle était restée trop longtemps au soleil. Était-il mort, comme son père à elle ? Il y avait eu beaucoup de guerres compliquées en Afghanistan ; elle avait lu des choses là-dessus. Des tas de pays étaient intervenus. Les Britanniques, les Russes, les Américains. Après le 11 Septembre, le monde entier s'en était mêlé. Soudain, il fallait vaincre les groupes de combattants islamiques, les moudjahidines, alors qu'ils avaient été soutenus jusque-là par l'Occident qui leur envoyait des armes et de l'argent. Puis il y avait aussi les talibans, qui poussaient de nombreuses personnes à fuir le pays. Peut-être le père de Zala était-il mort dans le combat sacré. Elle frissonna et repensa aux vidéos sur YouTube. Chaque fois qu'elle les regardait, un sentiment d'abattement indicible l'assaillait, mais comme autre chose surgissait en elle aussi, elle ne pouvait que les regarder jusqu'au bout. Peut-être était-ce lié à la pureté qu'elle décelait sur certains visages. Une détermination. La vie dans le califat était dure, elle le savait, les privations nombreuses. Certains paraissaient affaiblis, au supplice, et malgré tout, une force émanait de ces figures poussiéreuses aux yeux acérés, pénétrants. Une intensité dans leur expression. Était-ce la force divine qu'ils ressentaient ? s'était-elle d'abord demandé. Non, ce n'était pas possible, Dieu ne s'occupait tout de même pas d'êtres aussi mauvais ? Et pourtant, eux-mêmes en semblaient parfaitement convaincus. Ils étaient rebutants, et Sophie se détestait de les regarder. Elle ferma un instant les paupières. Je ne le ferai plus, je te le promets, papa. Elle saisit son verre par l'anse, avala le liquide bouillant et sursauta ; le thé lui avait brûlé la langue. Elle reprit néanmoins aussitôt une gorgée pour tout noyer. Elle replia les jambes, et sa frange glissa sur son front.

Zala sirotait son thé sans bruit et piochait des morceaux du gâteau émietté sur l'assiette.

« Prends-en aussi. »

Elle poussa l'assiette vers Sophie. Un moment bizarre s'écoula où celle-ci fut trop gênée pour accepter, mais Zala se penchait déjà vers elle, attrapait sa main, la retournait et posait du gâteau dans sa paume. Il était encore chaud, plus léger et plus collant qu'elle ne l'aurait cru.

Elles burent et mangèrent, et Zala se mit à parler. Les mots sortaient vite et facilement, sans que Sophie ait quoi que ce soit à dire. Mais au bout d'un moment, elles parlaient toutes les deux. Pas du tout du travail de fin d'année, ni même de l'arabe, mais cela n'avait pas d'importance. Tout ce qui comptait, c'était qu'elles soient là, et qu'avec ces idées échangées, quelqu'un, quelque part, tisse entre elles des fils invisibles, une toile diaphane en expansion, dont le sens ne tarderait pas à se révéler. Elles parlèrent de la collection de Nike de Zala et des dernières Nike Air Jordan, les Jordan 12, orange et bleu, sur lesquelles elle avait jeté son dévolu ; elles parlèrent de l'école et du fait que Zala aurait peut-être pu sauter une classe dans le groupe scolaire qu'elle fréquentait avant, mais qu'elle ne souhaitait de toute façon pas y finir son secondaire ; elles parlèrent du fait qu'elle voulait un job étudiant, qu'elle avait besoin d'argent ; elles parlèrent de Snapchat, de ses petits frères et aussi de paons, ses animaux préférés. De l'apparence incroyable de ces oiseaux, des êtres chimériques presque, comme créés par un peintre, disait Zala. Lorsqu'elle posa plus de questions sur l'intérêt de Sophie pour l'islam, la conversation revint brièvement sur son père avocat. Elles parlèrent de son travail au tribunal, des Ardennes, de sa chute accidentelle, des cauchemars qu'elle faisait. Tout en l'écoutant, Zala contractait le visage et retroussait les lèvres, et Sophie crut un instant les voir bouger comme lors d'une prière. Peut-être était-ce néanmoins un jeu de la lumière, le fruit de son imagination.

Le silence revint dans la chambre, mais c'était un silence bien différent de celui que Sophie connaissait. Plus léger. Elle n'entendait que le bruit de la pluie, le crépitement des gouttes qui tapaient contre les carreaux. En arrière-plan, le murmure très lointain de l'eau qui s'écoulait dans la gouttière. Le silence ici était tellement plus facile qu'à la maison.

Elle pensa à tous ces mois qu'elle venait de vivre chez tatie Lulu, à deux dans cette maison beaucoup trop grande. Hier soir, elle l'avait rejointe dans sa pièce de musique pour la première fois depuis longtemps. C'était la meilleure façon d'être ensemble. Là-bas, elles n'avaient pas besoin de parler. Il y avait le doux vrombissement de la lampe, suspendue juste au-dessus du piano, et les larges appuis de fenêtre donnant sur le jardin. C'était là que Sophie aimait s'asseoir, les genoux repliés, à contempler les arbres tandis que les notes la submergeaient. Au bout d'un moment, c'était comme si la musique venait de tout autre part. Non plus d'une caisse de résonance et de touches enfoncées par des doigts, mais de quelque chose de plus grand qu'elles. De bien plus grand. Quelque chose dans quoi elle voulait disparaître.

Le silence se prolongea. Zala fourrageait à deux doigts au fond de son verre et repêcha quelques gousses de cardamome éclatées qu'elle porta à sa bouche. Elle les mit entre ses lèvres, les suça un moment avant de les mâcher doucement. Au bout d'un moment, elle recracha les petites peaux une à une dans sa main, puis se leva pour les jeter à la poubelle. Lorsqu'elle revint, elle se rassit plus près et tendit la jambe. Sophie lui jeta un regard de côté. Ses lèvres se plissaient à nouveau sous l'effet de la concentration. Qu'as-tu vécu dans ton pays ? pensa-t-elle. Qu'as-tu vécu pendant la guerre ? Elle frémit.

Une fraction de seconde, une image traversa son esprit, sortie d'un rêve. Une image de la Syrie, qui s'était logée en elle comme si elle avait vécu la scène elle-même. Elle se trouvait dans le désert, son cœur battait la chamade, tout son corps encore tremblant de l'attaque des Américains. Cette offensive s'était arrêtée aussi brusquement qu'elle avait commencé. Le grondement des bombardiers, interrompu par les tirs sourds des canons antiaériens de Daech. Ces bruits palpitaient encore dans ses entrailles. Elle ferma les yeux, les rouvrit. Soudain, son téléphone vibra. Six heures trois. Quatre appels manqués de sa tante. Elle se leva d'un coup.

« Je dois y aller.

— Déjà ?

— Il est six heures.

— Mais on n'a pas commencé. On doit encore travailler sur le devoir. Et l'arabe !

— Ma tante m'attend. Elle va se fâcher.

— Deux secondes, juste ça ! »

Zala se dirigea vers une boîte ouverte dans un coin de la chambre. Elle en sortit un cahier, fouilla dans une autre boîte jusqu'à trouver un stylo et tendit le cahier et le stylo à Sophie.

« Écris.

— Quoi ?

— Un planning. On va établir un planning de tout ce qu'on va faire d'ici aux vacances d'automne. Après, je pars quelques jours voir de la famille en Allemagne. On a encore trois semaines.

— Pourquoi ?

— Ce qui est écrit est promis. »

Sophie s'accroupit, tira le cahier à elle et nota, sous la dictée de Zala :

Semaine 1 : prononciation alphabet, introduction travail

Semaine 2 : mots importants du Coran, table des matières

Semaine 3 : douas, premier chapitre

Zala déchira la feuille du cahier, prit deux punaises dans un plumier et l'épingla au mur.

« Voilà. »

Elle sourit et ses yeux devinrent soudain très clairs. D'une couleur très proche de celle de ses propres yeux, pensa Sophie. Elle déglutit, sentit sa langue s'alourdir. Elle aurait voulu rester ici pour toujours. Mais dans un coin de la chambre, son téléphone vibra de nouveau.

« J'y vais.

— Tu reviens quand ?

— Demain ? »

Zala sourit à nouveau.

« Je dois aider ma mère avec son courrier. Après-demain, tu peux ?

— Oui, dimanche après-midi.

— Tu peux venir chaque semaine ?

— Oui, j'ai du temps.

— Vendredi et samedi ? Et dimanche ? »

Sophie acquiesça une nouvelle fois, si contente qu'elle n'osait plus la regarder dans les yeux. Elle enfila son manteau, dit au revoir et, alors qu'elle était presque sortie de la chambre, la voix de Zala retentit à nouveau derrière elle, sérieuse à présent :

« Sophie *djan*.

— *Djan* ?

— Oui, *djan*, ça veut dire "chérie". Sophie chérie. »

Elle rit.

« Oui ?

— Tu dois encore me promettre un truc.

— Quoi ? »

Zala s'avança vers elle, son sourire laissa place à une expression tourmentée. Elle se plaça en biais devant la fenêtre, et la lumière déclinante du dehors passa sur ses yeux. Tout. Je te promettrai tout, pensa Sophie.

« Que tu ne… que jamais, euh… avec ces djihadistes… »

Sa phrase fit long feu.

« OK, répondit tout de même Sophie.

— Tu as compris ? »

Elle acquiesça, puis acquiesça une seconde fois, en désespoir de cause. Parlait-elle des djihadistes en Afghanistan ? Zala avait-elle voulu dire quelque chose à leur propos ? Cela avait-il un rapport avec la guerre dans son pays ? Elle voulut lui demander, mais se ravisa.

« Il n'y a pas de risque », assura-t-elle, sans savoir elle-même ce qu'elle voulait dire.

3

LORSQUE Sophie arriva à la maison, sa tante était en train de bricoler un violon, ses lunettes sur le bout du nez. Elle entendit le bruissement rythmé de sa respiration. Son double menton, qui tremblotait toujours, formait un bourrelet par-dessus le col amidonné. Elle était engoncée dans ses beaux vêtements en vue du concert de ce soir. Depuis un bout de temps déjà, sa tante ne faisait que grossir. Ce soir, comme tous les vendredis, elle avait un concert avec son orchestre, et elle se mettait alors toujours en grande toilette. Elle portait sa robe en satin noir, au col orné de roses brodées, et par-dessus comme une espèce de bavette pour ne pas se salir. Elle s'était lavé les cheveux et avait fait un brushing, ses boucles serrées, roux clair, lissées sur les côtés et nouées au sommet de son crâne en un chignon ébouriffé. Sa chevelure brillait d'un éclat cuivré dans le halo de la lampe.

« Enfin ! s'exclama-t-elle, le visage impassible, mais la voix cassante. Mets vite la table, s'il te plaît. »

Elle avait préparé de la soupe. Le vendredi, elles mangeaient toujours sur le pouce au sous-sol.

Sophie, dont les pensées étaient restées auprès de Zala, apporta la casserole, les cuillers, les bols et le pain. Un instant plus tard, elles étaient attablées l'une en face de l'autre. Sophie remuait nerveusement d'avant en arrière ; elle accrocha ses baskets aux pieds de sa chaise et se pencha jusqu'à ce que sa poitrine touche presque le bord de la table. Pour se forcer au calme, elle tapotait doucement de l'index sous la table. Une, deux, trois. Une, deux, trois. Dans sa bouche, sa salive avait le goût un peu amer du thé de cet après-midi, et son estomac grognait. Malgré le gâteau, elle avait si faim tout à coup qu'elle ingurgita une cuillerée de soupe encore fumante, se brûla le palais, et reprit pourtant immédiatement une autre cuillerée.

« Arrête un peu de bouger, ma chérie.

— Pardon, répondit-elle en détournant le regard.

— Je te ressers ?

— Je veux bien. »

Sa tante remplit à nouveau son bol. La vapeur monta au visage de Sophie, elle replongea sa cuillère dans la soupe et sentit son estomac se contracter sur le liquide brûlant. Avant d'aller chez Zala, elle n'avait quasiment rien pu avaler.

« Tu as eu l'occasion de réécouter Sandström ? » demanda sa tante à propos du morceau *Hear My Prayer, Oh Lord*, de Purcell, arrangé par le compositeur suédois Sven-David Sandström.

Quelques mois plus tôt, elles s'étaient lancées dans un projet commun. Tatie Lulu avait insisté pour qu'elles travaillent ensemble à leur propre adaptation au piano de la musique de Purcell, en s'inspirant de Sandström. Mais Sophie en avait perdu l'envie depuis longtemps.

« Oh, oui, un peu, marmonna-t-elle, la bouche pleine.

— J'en ai parlé hier soir au chef d'orchestre. Ce à quoi tu dois être attentive, m'a-t-il dit, c'est à ce qui se passe au milieu. Le premier passage est le même que chez Purcell, mais après, c'est comme si ça se décomposait très joliment. »

Elle écarta les mains et mima quelque chose qui se casse en deux.

« Tu comprends ce que je veux dire ? Ma chérie, je t'en prie. Tu vas t'étouffer si tu ne manges pas plus lentement. Je n'ai pas le temps de te conduire à l'hôpital, tu sais, je dois aller à Amsterdam. »

Elle rit.

« Donc, c'est à peu près au milieu que ça se passe, tu dois faire attention : à ce moment-là, c'est comme si quelque chose se disloquait. Je n'en sais pas beaucoup plus, mais je pense que nous devrions d'abord l'écouter une fois ensemble avant de prendre la partition. »

Soudain rassasiée, Sophie remit sa cuillère dans le bol. Lorsqu'elle leva les yeux, sa tante la scrutait du regard. Elle aurait voulu que cela ne la rende pas si nerveuse et jeta un rapide coup d'œil à la pendule posée sur l'armoire. Sept heures douze. Sa tante se remit à parler de Sandström et Sophie l'écouta d'une oreille. Elle pensait au planning qu'elle avait établi avec Zala, à l'arabe, au travail de fin d'année, et elle eut envie de monter dans sa chambre pour l'étoffer.

« On n'essaierait pas maintenant comme ça ? Juste un petit essai rapide.

— Je ne sais pas. J'ai encore beaucoup de choses à faire.

— Allez, je ne pars qu'à huit heures. Tu ne voulais pas t'entraîner davantage ?

— Après les vacances. Quand j'aurai remis mon projet. Maintenant, je dois bosser sur mon travail de fin d'année.

— Bien, on fera ça demain, alors. »

Sophie tambourina à nouveau des doigts sous la table, ne dit plus rien et s'efforça de ne plus regarder l'heure jusqu'à ce que sa tante s'essuie la bouche avec une serviette pliée en trois, signe qu'elle avait fini de manger.

Sophie débarrassa la table en vitesse, mit la vaisselle sale au lave-vaisselle et monta.

Sa chambre était tout en haut, au dernier étage de la maison. Un petit escalier menait à une mezzanine où se trouvaient ses livres et ses vieilles affaires. Des cahiers qu'elle avait conservés, avec des trucs bons à savoir sur la musique classique. Son premier violon, datant de ses six ans. Des albums avec les photos de ses compositeurs préférés au fil des ans. Brahms, Haydn, Tchaïkovski. L'ancienne harpe de sa mère. À côté, l'étui contenant son propre violon, qu'elle avait à peine touché depuis la mort de son père.

En bas, il n'y avait qu'un lit, deux chaises, une armoire et un bureau. Entre les murs mansardés de sa chambre, elle sentit soudain combien elle était fatiguée. Elle s'assit un instant à son bureau, mais se laissa bien vite tomber sur le lit. De là, elle contempla les piles de livres qu'elle voulait encore consulter pour son travail de fin d'année.

Presque spontanément, ses pensées glissèrent vers ce qu'elle avait lu sur le site des convertis, une plateforme d'informations et de témoignages s'adressant aux personnes qui avaient choisi l'islam, sur lequel elle traînait si souvent. Depuis la mort de son père, elle y retournait sans cesse, comme attirée par une force irrésistible. Au début, l'idée qu'elle puisse un jour se convertir était inimaginable. Absurde. Mais ces derniers temps, une pensée troublante l'assaillait de plus en plus souvent : Peut-être, si je change. Si je fais un effort pour m'ouvrir davantage. Elle avait vu une petite annonce pour un cours intitulé « Introduction aux principes de l'islam ». À la mosquée. Au terme de l'enseignement, on en connaissait assez pour prononcer la *chahada*, la profession de foi. À plusieurs reprises, elle avait été sur le point de s'inscrire… et puis non, pas de cours. Ça lui paraissait bizarre de devoir suivre un cours pour trouver Dieu. Ça devait venir naturellement. N'est-ce pas ? Elle repensa à une histoire postée récemment par une convertie sur le site.

J'ai toujours cru que je devais tout savoir et lire tous les livres de la bibliothèque sur l'islam avant de pouvoir faire la chahada. Mais ce n'est pas vrai. Il suffit d'avoir la bonne intention. Le reste vient tout seul. Elle poursuivait : *C'est ainsi que vous rendrez Allah heureux et qu'Il vous acceptera. Ensuite, Il vous guidera vers la connaissance et tout ce que vous avez besoin de savoir.*

An-Nur, pensa Sophie. *Lumière sur lumière. Allah propose aux hommes des paraboles et guide vers Sa lumière qui Il veut.* Elle se releva sur les coudes et, tout en réfléchissant, laissa errer son regard au plafond. Il fallait avoir la bonne intention. Mais comment savoir si son intention était bonne ? Si ça suffisait ?

Sophie se recoucha, se détourna des livres et se recroquevilla sur le matelas. Les rideaux étaient encore ouverts, mais il faisait nuit noire désormais. Dans sa tête résonna la voix de Zala. « Tu reviens quand ? Tu viendras tous les vendredis ? Tous les samedis ? Les dimanches ? » Elle rit et se déplaça jusqu'à être enserrée dans la bande de lumière du réverbère tombant de la haute fenêtre étroite. Elle resta ainsi un bon moment. À travers le plancher montaient les sons de sa tante accordant son violon. Sophie ignorait totalement combien de temps s'était écoulé lorsqu'elle l'entendit crier d'en bas qu'elle était en retard et qu'elle devait filer. Sophie cria « d'accord » et « bonne soirée », puis elle entendit les pas de Lucienne dans le couloir, la porte qui claque et la voiture qui s'éloigne.

Il faut que je fasse quelque chose, pensa-t-elle, mais elle était toujours couchée sur le dos. Du pied gauche, elle poussa la petite lampe accrochée par un cordon au plafond. La suspension oscilla, éclairant d'abord un mur puis l'autre, faisant passer de l'ombre à la lumière les pochettes de disque de son père et le poster des Sex Pistols, un groupe punk des années soixante-dix ; elle n'aimait pas du tout leur musique, mais elle n'enlèverait jamais le poster. L'ampoule émit un bourdonnement qui semblait provenir de très loin. C'était l'ancienne chambre de son père. Longtemps auparavant, il avait habité ici avec sa sœur et ses parents. Il était né ici, il y avait quarante-cinq ans, Lucienne trois ans après. C'étaient ses pouces qui avaient un jour enfoncé dans le mur les punaises colorées à travers le papier du poster.

Elle changea de position. Elle pouvait sentir les documents lui brûler le dos à travers le matelas. Mais pas comme elle en avait l'habitude. C'était à cause de Zala, à cause de cet après-midi. Soudain, tout semblait lié. En temps normal, elle aurait été perturbée par cette proximité qu'elle ressentait déjà avec Zala, mais pour une raison floue, ça ne la tracassait pas. Ce lien lui paraissait beaucoup moins soudain qu'il ne l'était en réalité. Et maintenant qu'elles étaient amies, elle avait le sentiment étrange que, ce soir, le dossier l'appelait et l'attendait, qu'elle devait en faire quelque chose. Qu'elle oserait vraiment le lire. Elle sentit toutes les forces se réunir et se retrouva, une seconde plus tard, agenouillée devant le lit. Elle souleva le matelas, comme elle l'avait fait si souvent. À la hâte, comme si, à tout moment, on pouvait la surprendre. Le regard rivé à la porte, elle avança la main à tâtons dans l'interstice entre le matelas et le sommier. Et tira le dossier à elle. Elle avait si souvent voulu le lire de A à Z, tout aussi souvent qu'elle avait imaginé fourrer les feuilles annotées dans une pochette au fond de son sac à dos et la jeter le lendemain. Dans ces moments-là, tout ce qui concernait cet aspect de son père qu'elle ne voulait pas connaître devait disparaître. Poubelle, point barre. Mais après tout, qu'est-ce que ça pouvait lui faire si quelqu'un le trouvait ? Son père n'était plus là. Et elle voulait se souvenir de lui tel qu'il était, tel qu'il n'avait peut-être jamais été.

Soudain, du fond de son esprit, la voix de son père tonna de nouveau. « C'est un scandale humanitaire !

Les enfants de la ST ne peuvent recevoir de visites que derrière une vitre. Ça ne se passe comme ça dans aucune autre prison ! Même pas chez les psychopathes incurables ou les condamnés à perpétuité. Eux, ils ne sont encore que des suspects, et ils n'ont pas le droit de serrer leurs parents dans leurs bras. Pendant des mois. Puis on s'étonne qu'ils tournent le dos à la société ! »

Elle renifla, s'assit, ramassa la pile de notes, les carnets et en fit un paquet. Non, elle ne voulait pas savoir. Elle refusait de s'intéresser à ces affreux ados auxquels il consacrait plus de temps qu'à elle. C'est à cause d'eux qu'il avait eu des ennuis. Tout ça devait disparaître. Elle n'en voulait plus sous son matelas. Elle extirpa une valise qui avait appartenu à son grand-père de sous son armoire, poussa le tout dedans, la referma, s'agenouilla et la remit à sa place, bien loin, de manière à ne plus pouvoir y accéder sans se coucher de tout son long. Elle se rassit à son bureau, ouvrit son fichier de travail, mais très vite se retrouva allongée sur le lit à fixer l'obscurité. Le silence qui régnait dans la maison se pencha sur elle. À nouveau, elle éprouva ce sentiment étrange, ce désir ardent, comme un bourdonnement sourd dans ses oreilles. Soufflant que si, il fallait qu'elle sache. Tout. Y compris ce qu'elle ne voulait justement pas savoir. Qu'elle ne trouverait pas le repos tant qu'elle ne saurait pas tout. Alors elle se remit par terre, ramena la valise vers elle et fit sauter les verrous. Ses mains restèrent un instant au-dessus du couvercle fermé, comme dans l'attente d'un signe de son père lui donnant le feu vert.

Elle entrouvrit la valise, regarda à l'intérieur et la referma. Elle fit plusieurs fois le tour de la pièce à petits pas raides, bizarres. Au bout de quelques minutes, elle s'agenouilla encore, sortit le dossier et le posa sur ses cuisses. Il s'alourdissait avec le temps. Je dois le faire. J'ai toujours eu peur de ce qu'il pouvait contenir, et c'est toujours le cas, mais il faut que je le lise. Je veux savoir. Maintenant. Quoi que ça puisse être. Maintenant que Zala est là, maintenant que je lui ai parlé de mon père, je vais oser.

Dans le petit cercle lumineux de sa lampe, elle commença à feuilleter la pile de documents officiels. Celle-ci, maintenue par d'épais élastiques, comprenait également des carnets de notes personnelles. Elle entrevit ses pattes de mouche, son écriture rapide et penchée. Elle les glissa sous la pile et se mit à lire, l'œil rivé aux caractères. Mâchoires serrées, elle lut tout de la vie d'Isra El Hannouri, dix-sept ans, soupçonnée d'infraction à l'article 140a du Code pénal, participation à une organisation terroriste. Elle lut non seulement les documents sur Daech et les actes d'accusation du tribunal, mais aussi les interrogatoires de la police, du juge d'instruction, ainsi que les déclarations des parents et des voisins d'Isra. Puis un rapport du Conseil pour la protection de l'enfance et du Comité d'assistance aux libérés. Elle lut avec une attention accrue les phrases que son père avait soulignées et ses griffonnages dans la marge.

Tout était si différent de ce à quoi elle s'attendait. Isra El Hannouri ne venait pas d'un quartier défavorisé. Le rapport du Comité d'assistance aux libérés indiquait qu'elle avait grandi dans un quartier paisible de la banlieue d'Amsterdam. Ses parents étaient originaires du Maroc, mais parlaient tous les deux néerlandais. Sa mère était assistante juridique et son père infirmier. Isra avait treize ans quand son père était tombé amoureux d'une autre femme et avait quitté sa famille : son épouse et leur fille unique, arrivée après tant d'années d'attente infructueuse. Un cadeau du Ciel. « Elle a toujours gardé beaucoup de tristesse et de colère après son départ », avait dit la mère d'Isra au Comité d'assistance aux libérés. Ça l'avait changée. Elle s'était rigidifiée. Tout à coup, elle devait être irréprochable. D'une moyenne de six, ses notes étaient passées à huit, neuf. De l'enseignement professionnel, elle était passée au collège et envisageait même le lycée scientifique. Alors qu'elle avait quinze ans, son père avait développé un cancer foudroyant et était décédé en quelques mois. Elle ne l'avait pas vu depuis deux ans. C'est à cette époque qu'elle avait commencé à prendre sa foi très au sérieux. Dans ce domaine aussi, elle voulait devenir la meilleure. Une musulmane modèle. Soudain, elle avait reproché sa mollesse à sa mère non pratiquante. Elle ferait tout différemment. Elle vivrait pour Allah. Elle cherchait frénétiquement des règles à suivre, racontait sa mère. Des règles de conduite pour « se purifier », ce mot revenait sans cesse. Elle ne voulait pas seulement servir Dieu au présent, mais aussi laver son âme des taches du passé. De quand elle fréquentait encore les filles non croyantes à l'école. De quand elle se maquillait, écoutait de la musique, riait avec les garçons. Tout cela faisait prétendument obstacle entre elle et Dieu. Elle n'aurait jamais dû se laisser aller à ces comportements. Était-Il fâché contre elle à présent ?

« J'ai fait des blagues sur Dieu, avait-elle confié à sa mère en pleurant de panique. Je ne L'ai pas pris au sérieux, maman. Je n'ai pas arrêté de faire des blagues sur Lui. »

Sophie alla s'asseoir sur l'appui de fenêtre, ces mots la transperçaient, elle y réfléchissait posément et en même temps avec un tremblement d'angoisse dans les entrailles. C'était quoi, tout ça ? Qui était cette Isra ? Et qu'entendait-elle par « faire des blagues sur Dieu » ? « Se purifier »... Qu'est-ce que ça voulait dire ? Était-ce possible alors ? Pouvait-on se laver de tout ce qui était sale en soi, tout ce qui était apeuré, désespéré, pouvait-on l'effacer, comme des taches de pluie sur un carreau ?

Elle regarda le plafond, puis dehors, une mouche qui luttait en vain contre une toile complexe, effilochée, et huit pattes embusquées. Dans sa tête, Isra parlait à son père, au juge, à elle-même. Soudain, elle désira ardemment l'entendre. Entendre ce qu'elle disait, et comment. Entendre sa voix. Elle essaya d'imaginer une voix frêle, cristalline, puis une voix grave. Elle essaya d'imaginer Isra assise en face d'elle, lui expliquant étape par étape comment faire pour se purifier. Elle fit trois fois le tour de sa chambre, toutes ses pensées s'entrechoquaient. Elle voulait à la fois penser à Isra et l'oublier ; elle finit par se rasseoir et poursuivit sa lecture.

Au cours des mois qui avaient précédé son départ, Isra s'était trouvée de plus en plus confrontée à un dilemme, avait noté le psychologue. Quand elle marchait dans la rue en burqa, elle était rejetée, insultée par les Néerlandais blancs. Traitée comme une lépreuse. Ils l'apostrophaient au supermarché, dans le bus. Pourquoi s'habillait-elle ainsi ? Qu'elle foute plutôt le camp dans son pays ! Mais c'était où, son pays ? Elle n'avait passé que des vacances au Maroc. Son seul chez-elle, c'était Internet. Sur son ordinateur portable, dans sa chambre, où, en même temps que les images des atrocités commises en Syrie, affluaient les photos du califat nouvellement proclamé. Désormais, il existait un endroit où elle pouvait vivre selon les règles édictées par Dieu lui-même.

Un jour bruineux de mars, Isra El Hannouri avait disparu. Du jour au lendemain, on ne la vit plus à l'école. Son téléphone était éteint, elle ne répondait plus aux e-mails, son compte Facebook avait été supprimé. Pendant trois jours, elle était restée injoignable. Terrifiée, sa mère avait alerté la police. En ouvrant son ordinateur, celle-ci avait compris ce qui s'était passé. Isra était en route pour la terre sacrée. Moins d'un an après qu'Abou Bakr al-Baghdadi avait proclamé le second califat de l'histoire de l'islam, le 29 juin 2014, appelant tous les musulmans à le rejoindre, elle était partie. Comme ce n'était pas facile en tant que femme seule, elle avait cherché un combattant à épouser. Celui-ci s'était présenté sous les traits d'un Belge pieux dénommé Brahim. Il se trouvait déjà dans le califat où il combattait pour la liberté de ses frères et sœurs, pour un État organisé à l'image de celui des premières générations de musulmans après Mahomet. Au bout de quelques semaines, Brahim lui avait demandé de devenir sa femme. Le mariage islamique avait été célébré par Skype, scellé par un imam d'Arabie saoudite derrière sa webcam. Quelques jours plus tard, Isra avait reçu 1 200 euros en provenance de Raqqa pour un billet à destination d'Istanbul. À 1 300 kilomètres de la capitale turque vers l'intérieur des terres, près de Kilis, à la frontière syrienne, elle avait été arrêtée. Dans son sac à dos, quelques vêtements, une photo de sa mère et une feuille de papier froissée avec des numéros de téléphone syriens, en route pour le Levant.

Sophie laissa retomber sa tête sur ses genoux, une sensation désagréable oppressait son cœur. Elle redressa le dos, se releva, fit quelques pas crispés pour aller boire de l'eau dans la salle de bains. Elle se regarda dans le miroir au-dessus du lavabo, se pencha en avant et sonda ses yeux. Comme si elle pouvait y trouver une explication à ce que tout cela signifiait. Mais elle vit la même chose que d'ordinaire. Ses yeux étaient toujours aussi gris. Des yeux qui n'allaient pas tout à fait ensemble. L'un légèrement plus grand que l'autre. Et ses pensées retournèrent à Isra. Son père avait été assis près d'elle, il l'avait regardée dans les yeux, qu'y avait-il vu ? À quoi ressemblait-elle ? Comment était son regard ? Son visage ? Et qu'est-ce qui n'allait pas chez elle ? Son père faisait toujours si attention à ses dossiers, elle avait du mal à croire qu'il ait laissé traîner celui-là sans une raison particulière. Quoi qu'il en soit, elle n'avait rien trouvé en tapant le nom de cette fille, hormis les quelques photos floues provenant de son compte Facebook inactif. Même en cherchant avec les noms conjugués de son père et d'Isra, cela ne donnait rien. Et elle n'avait pas envie de demander à sa tante.

Elle retourna s'asseoir à son bureau et feuilleta rapidement les documents. Chercha les photos qu'elle avait entraperçues. Une photo d'identité floue, granuleuse, agrandie sur imprimante au format A4. Et, tout à la fin du dossier, un article déchiré d'une revue pour juristes, avec une photo de son père et d'Isra. Debout côte à côte au tribunal. Lui souriant, elle impassible. Elle ne devait pas mesurer plus d'un mètre soixante, elle lui arrivait à l'épaule. Sophie avait du mal à la regarder. Elle détourna les yeux, chercha à nouveau l'autre photo. Avec précaution, elle retira les agrafes, sépara les feuilles et approcha la photo floue. Avec un mélange de répulsion et de respect, elle regarda Isra El Hannouri. Son visage voilé, son regard plongeant droit dans celui de Sophie. La gorge étranglée, le cœur battant dans sa cage thoracique, elle l'étudia. La dévisagea avec un sentiment d'impuissance. Qui es-tu ? Tu connaissais mon père. Mon père te connaissait. Vous étiez ensemble dans des parloirs, il écoutait ce que tu avais à dire. Elle sentit flamber la colère. Pourquoi se donnait-il tant de mal pour toi ? Et ce, bien plus que nécessaire, avait-elle entendu dire sa tante plus d'une fois. « Tu exagères vraiment, Sjoerd. C'est beau que tu fasses tant de pro bono, mais à quoi ça rime ? Pour qui tu fais ça ? Qu'est-ce que tu veux prouver ? Tu as ta propre vie, Sjoerd. Tu as une fille, bon sang ! »

Sophie ne voulait pas penser à tout ça, mais impossible de lâcher prise. « Qui es-tu ? » murmura-t-elle, si bas qu'elle-même s'entendit à peine. Quel genre de personne es-tu ? Elle se représenta Isra la regarder d'un air étrange et se diriger vers elle. Non, non, tu n'as pas le droit d'être ici. Je ne veux pas te connaître.

« Va-t'en ! » fit-elle tout haut en repoussant son spectre.

Elle ne voulait pas regarder cette drôle de gosse une seconde de plus, elle ne le voulait pas. Elle fixa le paquet de documents sur la table. Eux non plus n'avaient rien à faire là. Tout ça était mal. Elle se leva, balaya le tout d'un geste du bras. Ouste, ouste ! Un tas de petits papiers tomba par terre et, soudain, elle aperçut quelque chose qui ressemblait à une lettre avec une écriture de fille. Elle donna un coup de pied dans la pile, mais ramassa quand même la lettre. *Ma maman adorée.* Des petits cœurs. Elle la replaça immédiatement sous la pile. Qu'est-ce que c'était que tout ça ? Elle se mit alors à pleurer. Elle ne voulait plus rien savoir, elle repoussa le dossier sous son lit et sortit précipitamment de sa chambre.

Après avoir regardé sans le voir un documentaire pendant une demi-heure, s'être assise un moment au piano sans enfoncer une seule touche, elle remonta dans sa chambre. Elle saisit son téléphone et fixa la petite icône à côté du nom de Zala. Des caractères noirs calligraphiés, les mêmes que sur son pendentif. La *chahada.* Zala partageait son téléphone avec son oncle, c'est pourquoi elle n'était pas souvent en ligne. Assise à son bureau, elle chercha des articles pour la partie théorique de son travail. Elle essaya de se concentrer, mais toutes les deux minutes, elle consultait son téléphone. Au bout d'une heure, Zala apparut enfin. L'écran s'alluma.

« Salut, Zala !

— Salut, Sophie djan. »

Zala était en train d'écrire. Cela dura un certain temps.

« J'ai réfléchi. On devrait peut-être interviewer des gens sur l'islam, comment ils le voient. Ce qu'ils en pensent. Et puis écrire ce qu'il en est vraiment.

— Oui ! Une enquête sur l'image de l'islam.

— Ce qu'ils savent sur le sujet.

— Oui, trop bien ! On va réfléchir à des questions.

— Top !

— Et la leçon d'arabe ? On n'a pas encore pratiqué ? LOL.

— Hahaha, tant pis.

— *On fera ça vendredi, obligé !*

— *OK OK.* »

Il y eut une pause. Puis Zala se remit à taper.

« *Eh, j'ai pensé à autre chose aussi, encore une idée.*

— *Quoi ?*

— *Dans deux semaines, on aura terminé l'intro, non ?*

— *Si.* (Smiley.)

— *Et puis on aura la présentation de notre sujet à tout le monde.*

— *Yes.*

— *On pourrait leur faire écouter un nachid en même temps, ce sont des chants anciens, très beaux.*

— *Je connais !*

— *Vraiment ?*

— *Oui.* »

Son père lui avait fait découvrir ces chants islamiques sans instruments. Certains étaient basés sur des poèmes et parlaient d'amour et de paix. Elle se souvint qu'il en affectionnait un tout particulièrement, comment s'appelait-il déjà ? Ah oui, ça lui revenait tout à coup : un *nachid* inspiré d'un poème d'Al-Bousiri.

« *Je dois partir !*

— *OK !* (Smiley avec des cœurs.) *À dimanche !* »

Tu vois. Tout finissait par s'arranger. Ça ne pouvait pas être autrement. Zala était là.

4

« OUHOU, ma chérie ! Lève-toi ! Il est tard ! »

C'était l'appel immuable de tatie Lulu. La routine du samedi matin.

« Oui, oui », marmonna-t-elle.

Elle ouvrit les yeux avec difficulté et se redressa à moitié. Elle avait à peine fermé l'œil de la nuit. Tout ce qui s'était passé la veille au soir avait continué de brûler dans son corps. Et lorsqu'elle s'était enfin endormie, le rêve n'était de nouveau pas venu. Elle ne se souvenait plus exactement de quoi elle avait rêvé, mais en tout cas Allah n'y figurait pas. Il n'était pas venu lui faire signe.

« Tu descends, ma chérie ?

— Oui. »

Elle réussit à poser une jambe par terre et se mit debout tant bien que mal.

« J'arrive ! »

Pendant la semaine, sa tante l'appelait à sept heures, le week-end à dix heures. Le samedi, elle voulait bruncher avec elle. Sophie se rassit un instant sur le bord de son lit, puis envoya valser la couette par terre et ouvrit les rideaux et la fenêtre. Une flaque de lumière incertaine se répandit sur ses pieds. Le ciel était pâle et vide. Elle attendit une seconde. Puis une autre, le temps de calmer ses pensées. Il était presque certain que tatie Lulu aurait peur si elle savait ce qu'elle mijotait dans son coin. L'Afghanistan, le travail de fin d'année, Isra. Je ne dois rien lui dire. Elle se dirigea vers la garde-robe, enfila rapidement un pull par-dessus son pyjama, mit une paire de chaussettes. Les rideaux ouverts bougeaient doucement avec le vent.

« Alors, ma chérie, tu viens ? »

Sa tante avait tout son temps avant de partir au concert du samedi, mais on ne la changerait pas, Sophie ne pouvait pas se présenter à la dernière minute. Le brunch était un rituel auquel Lucienne tenait beaucoup. Mais encore plus dans ces moments-là, Sophie ne savait pas quoi lui dire. Peut-être sa tante le faisait-elle pour elle, croyant qu'elle en avait l'habitude avec son père. En vérité, quand il était mort, cela faisait longtemps qu'ils ne mangeaient plus ensemble, ou à peine. Elle ne le dirait jamais cependant : elle aurait l'impression de le trahir.

Les derniers mois, il travaillait si dur que, même les week-ends, il les passait en grande partie dans son bureau, derrière sa pile de dossiers. Il ne préparait plus le petit déjeuner qu'une fois toutes les deux ou trois semaines, et toujours par surprise. Elle entendait alors résonner de bonne heure ses pas sur le sol de la cuisine, le tintement des poêles et des couverts. Des notes jazzy sortant de la radio en sourdine. C'était le moment qu'elle préférait. Elle restait bien au chaud dans son lit, sans un bruit. Elle n'avait pas encore le droit de se montrer, cela faisait partie du jeu. Pour elle, cette attente aurait pu durer toute l'éternité. Puis arrivait l'instant où la voix de son père retentissait dans le couloir : « So ! Fifi, tu viens ? Le petit déjeuner est prêt, ma puce ! » Elle ne répondait jamais tout de suite, feignant d'avoir besoin de temps pour se réveiller. Il appelait une nouvelle fois.

« Fifiiii ! Tu viens ? J'ai fait des crêpes !

— C'est vrai ?! » répondait-elle alors au bout de quelques secondes, jouant la surprise à la perfection.

Elle enfilait vite quelque chose, fonçait dans le couloir et, dès qu'elle ouvrait la porte, l'odeur si délicieuse et rassurante des crêpes assaillait ses narines. Beurre fondu, cannelle, chocolat.

« Bonjouuur… » disait son père.

Il portait des claquettes et un tablier, ses yeux brillaient et il lui souriait. Ces derniers mois, il disait parfois :

« *Sabahah-Al-Khair.*

— *Sabahah An-Nur* », répondait-elle alors, suivi d'un cri de joie : « Papa, miam ! »

Ils demeuraient longtemps à table, aussi longtemps qu'elle pouvait faire durer le moment, et elle mangeait jusqu'à ce qu'elle soit incapable d'avaler une bouchée de plus. Son père faisait sauter les crêpes d'un côté puis de l'autre. La pâte blanche, toute fine, prenait et se colorait lentement, les bords dorés brunissaient et se recourbaient en grésillant dans le beurre. Il y avait une cafetière sur le chauffe-plat, qu'il empoignait sans cesse pour se resservir, et un grand bol de pâte à crêpe qu'il fallait remuer. Les dernières fois, il avait fait des *katayef*, des mini-crêpes arabes qu'ils farcissaient de crème fraîche, de miel ou de Nutella. Ces matins-là, elle explosait presque de bonheur. Tout alors était exactement comme il se devait.

Elle se dépêcha de descendre. Comme toujours, les troisième, septième et neuvième marches grincèrent sous ses pieds. Sur l'avant-dernière marche, une écharde traversa ses chaussettes. Tout cela lui était familier. Elle aurait pu dessiner cette maison les yeux fermés, jusque dans les moindres détails. Elle y venait depuis toute petite. D'abord chez ses grands-parents. Sa grand-mère lui donnait des leçons de piano au rez-de-chaussée, dans la véranda. Au grenier, à côté de la chambre où elle dormait maintenant, elle avait joué un nombre d'heures incalculable. Elle s'y revoyait gamine comme si c'était hier. En général, elle logeait là toute la durée des grandes vacances. Ces jours qui s'égrenaient avec une infinie lenteur, le luxe affreux de l'ennui estival. Les saynètes et les histoires qu'elle s'inventait. Les petites voisines qui venaient tous les jours. Elle aspirait toujours à leur compagnie. Mais dès qu'elles étaient là, elle voulait de nouveau être seule.

Après la mort de ses grands-parents, tatie Lulu était venue habiter ici. Elle n'avait presque rien changé à la maison, les meubles ne le permettaient pas. Ni le buffet sur pieds, ni la bibliothèque qui montait jusqu'au plafond. Encore moins la table à manger et ses chaises droites au dossier austère.

Elle se retrouvait aujourd'hui dans cette vieille cuisine toute sombre. Ici non plus, rien n'avait changé. Une cuisine verte, tapissée du même papier peint que partout ailleurs dans la maison, avec de drôles de feuilles indéterminées. L'odeur pénétrante qui y régnait devenait de plus en plus forte avec les ans : une vapeur grasse de cuisine, mélangée à l'encaustique et à la résine que sa tante utilisait pour fabriquer ses violons.

Sur la table de la salle à manger se trouvaient les assiettes et les plats que Lucienne venait de servir. Du pain, des œufs brouillés, des œufs durs, du fromage, de la viande, une quiche maison. Une musique d'orgue, que Sophie reconnaissait comme étant de Scarlatti, résonnait dans la pièce. À nouveau, le découragement l'envahit.

« Bonjour, ma puce.

— 'Jour… »

Elle ne réagit pas : ça ne la dérangeait plus que sa tante l'appelle « ma puce » ou « moineau », comme son père. Elle s'assit et regarda l'adulte au regard absent installée en face d'elle, à sa place habituelle. Derrière elle, il y avait la fenêtre et, derrière encore, le jardin dont la pluie avait effacé toute couleur.

Tatie Lulu tendit la main et prit le couteau le plus aiguisé. Elle avait beau avoir grossi, elle conservait des doigts fins et délicats. Des doigts avec lesquels, à coups de petits gestes mesurés, elle entailla la croûte dure de la quiche. Par la fenêtre, un rayon de soleil impromptu tomba sur sa chevelure dense, qui s'éclaira un instant. Son père avait cette même chevelure épaisse et, quelque part, Sophie ne supportait pas que sa tante lui ressemble autant. La forme de son visage aussi était identique à celle de son père, et bien qu'elle ait les yeux plus clairs et plus petits, le regard qu'elle posait maintenant sur Sophie était exactement le même. Elle se redressa sur sa chaise, grignota l'un de ses ongles du bout des dents. Mais moi, j'ai la même forme d'yeux que lui, pensa-t-elle. Tu ne peux pas rivaliser là-dessus. Et aussitôt, elle écarquilla l'œil droit, qu'elle avait toujours trouvé un peu plus petit.

Soudain, elle repensa à la nuit écoulée, à la photo de la revue où son père posait avec cette gosse misérable au petit visage inexpressif, au menton pointu, sans une once de gratitude visible sur ses traits. Et la même question rejaillit : Où peut-elle être à présent ? Devrais-je la chercher plus activement ? Et si je la trouve, est-ce que je dois lui parler ? Papa, tu crois qu'elle pense encore à toi, à tout ce que tu as fait pour elle, sait-elle que tu n'es plus là ? J'ai toujours évité de demander quoi que ce soit à tatie Lulu sur toi et ces gosses. Sur cette fille et toi. Devrais-je le faire ? Non, mieux valait que sa tante ne se mêle pas de ça.

Elle se servit des œufs brouillés et renifla. Pour chasser ses pensées, elle prit une tranche de pain, la tartina d'une épaisse couche de beurre ; elle aimait tout ce qui était gras, sans pour autant prendre un seul gramme. Pas comme sa tante, avec ses seins plantureux et ses hanches rondes. Elle avait la constitution de son père. Frêle et maigre. « Tu es une gazelle », avait-il dit un jour en passant derrière elle, alors qu'elle se regardait dans le miroir. Ensuite, il l'avait quelquefois appelée *ghazal*, gazelle en arabe. Un mot magnifique. Elle repensa à ce que Zala avait dit à propos des paons. Que c'étaient ses oiseaux préférés, non seulement parce qu'ils étaient plus beaux que les êtres humains, mais aussi parce qu'ils étaient souvent plus grands. Les paons mâles pouvaient atteindre deux mètres, lui avait-elle dit. « Tu le savais ? » voulut-elle demander à sa tante, mais elle se ravisa, et elles mangèrent en silence, toutes deux plongées dans leurs pensées.

« À propos, dit Lucienne, comment ça s'est passé hier chez... comment s'appelle-t-elle, ton amie afghane, déjà ? Tu ne m'as encore rien raconté.

— Zala. C'était chouette. »

Elle leva brièvement les yeux, triturant ses œufs. Je dois faire attention, pensa-t-elle en serrant les mâchoires. Ne pas trop en dire. Les mots qui se bousculaient dans sa tête ne devaient pas sortir. Sa tante ne comprendrait pas. La splendeur de l'islam, dont elle voulait se rapprocher, tout de Zala et ce que ça faisait d'être auprès d'elle.

« Vous faites votre travail ensemble, c'est ça ?

— Oui.

— Sur quel sujet, déjà ? »

L'histoire des mathématiques arabes au IXe siècle. Presque personne ne sait que ce sont les Arabes qui ont inventé l'algèbre moderne. Voilà ce qu'elle aurait voulu répondre. C'était sans risque. Mais elle serra le bord de la table, la tension irradiant dans ses doigts.

« Sur l'islam. La vraie nature de l'islam. »

Un instant, elle se demanda si elle avait vraiment prononcé ces mots à voix haute.

Sa tante leva brusquement les yeux.

« La vraie nature de l'islam ? » répéta-t-elle, et elle dévisagea Sophie, le regard fixe, un petit muscle tressaillant juste au-dessus de son œil droit.

Ces mots avaient cloué sa tante à sa chaise.

« Pourquoi ? demanda-t-elle. Sophie, je suis sérieuse : pourquoi ? »

Les pattes-d'oie autour de ses yeux se creusèrent encore un peu plus. Et, sans attendre de réponse, secouant la tête, comme se parlant à elle-même, elle dit :

« C'est reparti pour un tour. »

Sophie sentit ses lèvres trembler et regarda son assiette. Papa, comment expliquer ça ? Je fais de mon mieux pour ne pas l'inquiéter, comme tu l'aurais voulu. Mais je ne peux pas faire autrement, tu le sais bien, et elle ne peut pas comprendre pourquoi c'est si important pour moi. Nous sommes les seuls à comprendre. Attends, attends que je sache tout sur le Coran et les hadith ! Alors, je pourrai formuler les choses comme il faut.

Sa tante se leva, se resservit du café et se rassit. Elle observa Sophie un moment.

« Pourquoi, dis-moi ? demanda-t-elle à nouveau d'un ton hésitant, la voix chevrotante. Pourquoi revenir sur ce maudit sujet ? »

Sophie regarda derrière sa tante : le réverbère était encore allumé et éclairait l'herbe du jardin de sa lueur blafarde. Elle posa ses doigts sur ses paupières et dit soudain avec violence :

« Parce que je le veux ! »

L'instant d'après, elle s'essuya le visage du revers de la main, surprise par sa propre réaction. Elle inspira profondément par le nez et expulsa l'air par sa bouche entrouverte.

Chaque fois qu'elles abordaient un sujet un tant soit peu en rapport avec le travail de son père, ça dérapait. Au fond, elle aurait bien voulu tout raconter à sa tante. Isra, ce que son père avait fait pour elle, les atrocités du califat, les visages épuisés des gamins qui se battaient pour Dieu. Les récitations. Mais c'était plus sûr d'élever un mur aussi haut que possible.

« Je le veux, c'est tout, répéta-t-elle en essayant de maîtriser sa voix, qui sonna étrangement plus aiguë et plus pleine.

— Je le sais, ma chérie. Et tu en es capable. »

Elle voyait bien que sa tante faisait un effort pour rester calme.

« Mais tu avais dit que tu arrêterais tous ces machins avec l'islam. »

Sophie la regarda un moment, espérant qu'elle poursuive. Mais plus rien ne vint.

« J'aime ça, c'est tout, dit-elle.

— Pourquoi tu ne choisis pas un sujet utile, plutôt ? Un sujet scientifique. Quelque chose en rapport avec les études que tu feras plus tard. L'islam est tellement loin de nous... »

C'était exactement ce à quoi elle s'attendait. Sa tante ne voulait tout simplement pas comprendre.

« Oui, mais... » commença Sophie.

La phrase mourut dans sa bouche. Il valait mieux qu'elle se taise. Elle était à nouveau si déçue que les larmes lui montèrent aux yeux.

« Et puis tu travailles trop, dit sa tante d'une voix pincée, tournant et retournant les coins de sa serviette entre le pouce et l'index. Quand tu t'intéresses à quelque chose, il n'y a plus moyen de t'arrêter. Tu lis, tu lis, tu lis. Comment tu fais pour tenir le coup ? Moi, je ne pourrais pas, tu sais. Seule avec ce sujet, c'est affreux, non ? Personne ne tiendrait le coup.

— Papa aussi travaillait beaucoup », laissa-t-elle échapper.

Elle le regretta aussitôt. Vite, elle se remplit un verre d'eau qu'elle vida en silence, suivi d'un autre.

L'expression de tatie Lulu avait changé.

« Ton père travaillait beaucoup, en effet.

— Et c'était si grave que ça ?

— Ce n'est pas ce que je dis. »

Elle soupira et reprit une tranche de pain.

« Disons que ça ne lui a pas rapporté ce qu'il espérait. Pire même. Toutes ces affaires d'islam ne lui ont valu que des ennuis. »

Sophie sentit la tête lui tourner, comme si elle tombait brusquement dans le vide. Elle prit encore un peu d'eau.

« Comment ça ? demanda-t-elle d'un ton belliqueux.

— Rien, mon chou », dit doucement sa tante.

Elle beurra son pain, le garnit de deux tranches de fromage et but sans bruit une gorgée de café.

« Je n'entends rien de particulier par là.

— Mais si, insista Sophie. Qu'est-ce que tu veux dire ? »

Sa tante leva la tête et posa les mains à plat de chaque côté de son assiette.

« Écoute, ma chérie. » Sa voix monta d'une octave. « Tu ne le connaissais pas comme moi je le connaissais, OK ? Tu ne l'as pas connu quand... euh... tu... »

Elle interrompit sa phrase, puis recommença.

« Tu ne l'as pas connu chaque fois qu'il a fallu le rattraper. Quand il était allé trop loin, qu'il était en surmenage. Quand il promettait de ralentir... et... que ça ne marchait pas et... »

À nouveau, elle s'arrêta au milieu de sa phrase, resta silencieuse quelques secondes. Ses yeux s'humectèrent, elle les ferma un instant, les essuya avec sa serviette, puis dit :

« Parlons d'autre chose. Je ne veux pas me disputer avec toi à ce sujet. De quoi parlions-nous déjà ? »

Sophie ne pouvait plus rien dire. Confuse, elle regarda dehors. Une toile d'araignée à moitié décomposée tremblait doucement dans un coin de la fenêtre, ses fils détrempés par la pluie, un trou sur le côté. Elle pensa à une toile de mots et de silences, sur laquelle sa tante et elle erraient, perdues, cherchant à tâtons comment se faire comprendre l'une de l'autre. Seule la musique continuait, et un ténor, qui s'efforçait d'attraper les notes les plus hautes.

« Combien de fois il a été en burn-out ? demanda Sophie, d'une voix radoucie.

— Je ne me souviens pas, dit sa tante. Vraiment pas.

— Combien de fois ? insista-t-elle.

— Oh, comme ça, au fil des ans…

— J'étais déjà née quand ça a commencé ?

— Oui, tu étais déjà là. »

Sophie se tut et ferma brièvement les yeux. Elle ne savait plus quoi penser. Elle replia ses jambes sur la chaise, enlaça son corps recroquevillé.

Il y eut un blanc. Puis sa tante reprit la parole. Mais d'une voix différente, plus douce.

« Écoute. Tu ne dois rien à personne, tu le sais, moineau ? Tu n'as rien à réparer, rien à terminer. Ni pour ton père, ni pour moi. On n'est plus que toutes les deux maintenant, on ne peut plus compter que l'une sur l'autre. Je propose qu'on fasse pour le mieux. »

Ses yeux étaient encore humides.

Sophie acquiesça comme si elle était d'accord avec elle, mais dans sa tête réapparurent des images de la guerre. À la télévision, des mères éplorées dont l'enfant était mort en martyr. Si papa n'avait pas aidé Isra, celle-ci serait peut-être morte, elle aussi. Au loin retentit le bruit de ferraille d'un tram, qui la ramena à la nuit dernière. Ç'avait été si bizarre. C'était arrivé alors qu'elle s'endormait enfin. Dans ce moment creux entre la veille et le sommeil, il y avait soudain eu, derrière ses paupières, l'image inquiétante de tous les métros de la ville qui grinçaient dans la nuit souterraine. Elle avait sursauté, on aurait dit qu'ils traversaient sa chambre en même temps dans un grondement de tonnerre, faisant trembler les pieds de son lit. À l'intérieur, des ados portant de longs et fins foulards noirs, pour la plupart enroulés autour de leur cou et noués devant leur bouche, une kalachnikov appuyée contre leurs genoux. Tous ces yeux la suivaient et disaient : « Nous connaissons ton père. Nous te connaissons. Et nous connaissons Dieu. » Leur sourire était mauvais. « Tu ne pourras pas nous échapper. Quoi que tu tentes. »

« Tu sais ce que je pense ? »

Sophie tressaillit.

« Quoi ?

— Que tu devrais laisser reposer ce travail quelque temps et t'amuser un peu.

— Oui, consentit-elle distraitement.

— Je suis sûre qu'il y a des filles dans ta classe avec qui tu t'entends bien. Mais je ne les vois jamais ici. Appelle donc une copine et fais une activité avec elle.

— Mmh.

— So ?

— Oui.

— Il y a autre chose ?

— Non, rien. »

Elle se força à sourire et hocha la tête d'un air conciliant.

« Tu as raison. »

Elle ne voulait pas se disputer. Papa et moi, nous sommes comme ça, c'est tout, pensa-t-elle, on est différents, on s'intéresse à des choses que les autres trouvent bizarres. On s'investit à plus de cent pour cent dans ce qu'on trouve important. La justice, la profondeur des choses, on va peut-être plus loin que ce que les autres sont capables de comprendre. Je dois laisser tomber. Tatie Lulu n'est ni bête ni méchante, elle a juste de la peine.

Soudain, sa tante eut une autre idée.

« Dis, s'exclama-t-elle d'une voix faussement enjouée, ce soir on pourrait peut-être regarder ce documentaire sur Ida Haendel ? »

Elle l'examinait d'un air interrogateur, de son regard affable et bienveillant.

« Ça te dirait, ma fille ? »

Sophie acquiesça.

« Alors, on va faire ça. »

Sa tante se mit à débarrasser, puis remplit bruyamment le lave-vaisselle. Sophie resta un moment à regarder par la fenêtre, avant d'entrer à son tour dans la cuisine. Elle s'attarda près de sa tante, avec l'envie de lui dire quelque chose de gentil, mais ne trouva rien, et le moment passa. Elle était restée trop longtemps silencieuse. Doucement, elle abandonna ses pensées. Sa tête n'était plus qu'un vide brumeux. Elle avait hâte de retrouver Zala. S'asseoir à côté d'elle tandis que la pluie obscurcissait le ciel au-dehors et parler de sourates et des souks de Kandahar, mais aussi de Nike Air Jordan 12 et de domestication des paons. Elles deux dans la petite chambre carrée avec toutes ces nuances de rouge entremêlées, son haleine sucrée, le claquement de sa langue. Demain après-midi, je la reverrai.

Au moment où elle s'apprêtait à monter, sa tante s'avança vers elle et lui prit le visage à deux mains.

« Regarde-moi. Je dois aller à la répétition cet après-midi, tu le sais, n'est-ce pas ? Je dînerai à Amsterdam. Il reste des pâtes à la carbonara dans le congélateur. Tu te débrouilleras ? »

Sophie hocha la tête d'un air absent.

« Dis-moi quelque chose.

— Oui.

— Tu es sûre ? Tu veux que j'annule ?

— Non, bien sûr que non.

— Va donc prendre une bonne douche. Tu as l'air fatiguée.

— D'accord.

— Ma fofolle. »

Elle tira sur sa frange.

« Il va falloir te couper les cheveux aussi. »

5

Elle était de nouveau assise à son bureau, dans un vieux pull de son père qui lui couvrait presque entièrement les cuisses. Il était si près d'elle en ce moment qu'il lui semblait sentir entre les fibres son odeur corporelle mélangée à son après-rasage. Elle approcha la manche de son nez et renifla. Rien. Ses notes écrites, c'est tout. Et son livre sur l'islam, ouvert devant elle sur la table, quelques griffonnages de sa main dans les marges et, à côté, le manuel d'arabe. Sur la page de droite, les mots faisaient osciller de droite à gauche leurs courbes élégantes et leurs points, en face de la traduction néerlandaise. Elle pensa au *nachid* inspiré du poème d'Al-Bousiri et entendit à nouveau son père prononcer « Bousiri ».

Ils étaient assis côte à côte sur le canapé, un soir d'été, il y a plusieurs années, lorsqu'il lui avait fait entendre ce *nachid* pour la première fois. La musique avait empli la pièce, enflant puis faiblissant, et il l'avait attirée contre lui, son menton à elle bien calé contre son épaule. Elle gardait un silence craintif. Elle entendait tout près le bruit rauque de sa respiration, les battements et bruissements de son cœur. Il avait fermé les yeux, et elle observait attentivement son visage familier, long et étroit, comme si elle pressentait que lui aussi allait disparaître. À la fin de la musique, son père avait lentement rouvert les paupières. Il s'était penché en avant, avait détourné le regard et dit au sol :

« Ça, pour moi, c'est Dieu.

— Hein ? Quoi ?

— Cette musique, c'est Dieu.

— Qu'est-ce que tu veux dire ? »

Confuse, elle s'était redressée.

« Mais tu ne crois pas du tout en Dieu, toi ! »

Ses yeux allaient et venaient à toute vitesse sur le visage de sa fille. Puis il avait posé la main sur sa tête et dit, presque en murmurant :

« Je crois dans ce que j'entends.

— Mais tu disais que tu ne croyais pas en Dieu, avait-elle insisté, son regard planté dans le sien, attendant un éclat de rire qui ne venait pas.

— Écoute-moi ça, avait-il dit, et il avait enfoncé de nouveau la touche "play" en regardant devant lui.

— Alors, tu crois au Dieu des musulmans ? »

Il avait posé la main sur la nuque de sa fille.

« On l'appelle Dieu parce qu'on ne sait pas exactement ce que c'est, mais Ça existe bel et bien. »

C'était comme s'il regardait à travers elle, jusqu'au mur au fond de la pièce. Sa main était revenue sur sa tête, puis il avait pressé à nouveau doucement, avec précaution, son visage contre son épaule.

« Chut. Viens. Écoute. »

À l'époque, elle était encore incapable d'entendre ce qu'il voulait dire. Elle savait seulement qu'elle ne devait pas faire de bruit, afin de ne pas rompre ce moment.

Elle essaya de se concentrer sur son texte, mais ses pensées dérivèrent d'elles-mêmes vers le jour de l'enterrement. C'était si bizarre. Certains événements lui apparaissaient encore très nettement, tandis que d'autres s'étaient estompés. Le trajet en voiture vers le cimetière, par exemple, ou son corps exposé durant plusieurs jours dans l'appartement : tout cela avait presque totalement disparu. Mais des funérailles, elle se souvenait de chaque seconde. Debout sur le trottoir, elle regardait le corbillard. Le cercueil était déjà scellé, mais à tout moment, son père aurait pu faire coulisser le couvercle, se redresser, la regarder, secouer le froid dans ses cheveux. « Moineau, tu croyais vraiment que j'allais te laisser toute seule ? Après maman ? Tu as cru que je pouvais te faire ça ? »

Toute la nuit, elle avait écrit à sa petite table, ici même, dans sa chambre à lui, ce qu'elle voulait dire à son père. Le papier était plié dans la poche de son pantalon. Tout au long de la messe, elle avait gardé sa main dessus pour tenir les mots au chaud. Seule tatie Lulu était au courant. Mais quelque chose à son insu avait décidé qu'il en irait autrement. Le temps stagnait, comme l'eau boueuse d'un fossé. De temps en temps, sa tante la regardait d'un air interrogateur, mais Sophie secouait la tête, non, pas encore, non, vraiment, baissant le regard vers le sol.

Et soudain, les hommes s'étaient levés. Les camarades de promotion de son père avaient formé une haie autour de la bière, plié les genoux et soulevé le cercueil sur leurs épaules pour le porter jusqu'au cimetière. Dehors, le soleil était éblouissant. Tout brillait à en faire mal. Les bouquets. Le ruban de soie blanche sur le cercueil. Ses yeux plissés ne formaient plus que deux fentes et, d'un coup, tout avait été terminé. Elle n'avait pas pris la parole.

Elle se pencha en avant, ses canaux lacrymaux se remplirent de liquide, elle pleura de façon brève et violente, la tête appuyée dans ses mains. Arrête, entendit-elle cogner dans sa poitrine, arrête, sinon ça ne s'arrêtera plus jamais. Elle reprit son souffle. Descends, va manger quelque chose.

Alors, elle se leva, descendit les escaliers éclairés par la lumière du couloir et ouvrit le frigo. Elle ne toucha pas aux pâtes dans le freezer, pensant soudain : Il y a du porc dans la carbonara. Ce n'est pas halal. Je devrais peut-être commencer à manger halal. Elle se souvint du plat végétarien aux épinards que sa tante avait congelé l'autre jour. Elle attendit à table que retentisse la sonnerie du micro-ondes et posa à nouveau la tête dans ses mains, le bout de ses doigts glacés contre son front.

À sa propre surprise, elle se retrouva un peu plus tard à plat ventre au même endroit que précédemment, en train de ressortir la valise de sous l'armoire. Au fond, il y avait un tas de feuilles A4 agrafées avec le logo du cabinet d'avocats de son père. En grandes lettres droites, on pouvait lire : *Notes de plaidoirie. Chambre pénale collégiale, tribunal d'Amsterdam.* Le tas était volumineux. Il y avait aussi les carnets contenant les conversations avec Isra. La tension gagna son visage. Tant de mots. Tant d'heures. Si elle voulait, elle pouvait même calculer combien exactement. Chaque rapport mentionnait l'heure de début et de fin de la conversation. Tout ce temps, il avait été assis en face d'elle, sûrement avec l'une de ses cravates brillantes, celle tirant sur le vert, ses belles chaussures. Dans une petite pièce de la prison réservée aux visites d'avocats, tout près l'un de l'autre, lui, penché en avant, comme s'il voulait toujours plus se rapprocher d'elle, ses yeux grands ouverts, étonnés. Pendant des heures, ils avaient respiré le même air.

Quelques années plus tôt, avec sa tante, elle était allée le voir plaider. Elle s'était imprégnée de tout. Sa haute silhouette légèrement voûtée qui se détachait dans la lumière filtrée de la salle d'audience. Sa voix qui résonnait. Mon père, était-elle seulement capable de penser, c'est mon père, et chaque fois que cette idée se répétait, quelque chose se dilatait dans sa poitrine. L'attention aiguë avec laquelle les juges le regardaient. Au début, il se tenait debout derrière une table remplie de hautes piles de documents penchées. Mais il avait la tête si pleine de tout ce qu'il voulait dire, ça se voyait, qu'il n'avait pu rester en place. Les épaules légèrement relevées, les mains croisées dans le dos, il s'était mis à déambuler à pas mesurés. Il gesticulait avec les bras et l'étoffe noire de sa toge flottait comme d'étranges ailes autour de lui. Il avait dû en être de même au procès d'Isra. Tout en tournant les pages de ses doigts tremblants, elle entendait l'écho de ses paroles entre les hauts murs de la salle d'audience.

« Mesdames et messieurs, chers membres du tribunal. Ma cliente, Isra, n'est pas une mauvaise personne. Au contraire. C'est une bonne personne qui a fait un mauvais choix. Un choix mal informé. Les hommes et les femmes avec lesquels elle était en contact via Internet prétendaient être de pieux musulmans. Elle ne pouvait pas savoir que c'étaient des terroristes... Oui, je suis d'accord avec vous, c'était peut-être naïf. L'espoir naïf d'une jeune fille écartelée. Une jeune fille insultée dans la rue parce qu'elle voulait pratiquer sa foi. En allant certes trop loin, comme peuvent le faire les adolescents. Ainsi que vous avez pu le lire dans le rapport psychologique, c'est une jeune fille intelligente, au tempérament doux. Les experts ne constatent chez elle aucun problème de régulation de l'agressivité. Elle ne recherchait pas la violence. Elle voulait simplement se rendre dans un endroit où elle pensait pouvoir vivre comme son Dieu le requérait, dans son idée. Elle voulait aider ses frères et sœurs, tués par Assad sous les yeux d'une communauté internationale indifférente. La solution qu'elle a choisie à ses problèmes est injustifiable, et elle le sait mieux que quiconque. Hier encore, je lui ai parlé et elle m'a dit combien elle était reconnaissante d'avoir été arrêtée. D'être de retour aux Pays-Bas. D'avoir échappé aux atrocités du califat de Daech. Je vous invite, mesdames et messieurs, à lire la lettre qu'elle a laissée à sa mère, qui donne un aperçu des raisons qui l'ont poussée à partir, et de son désespoir... »

Suivait toute une histoire où son père parlait d'un faible risque de récidive, soulignant son quotient intellectuel, sa sollicitude, ses bonnes intentions. Elle s'était d'ores et déjà inscrite à une formation pour devenir infirmière. La peine de trois ans d'emprisonnement requise par le procureur était disproportionnée et ne ferait que l'éloigner de la société. À qui cela profiterait-il ? Il plaidait pour un sursis avec libération immédiate de l'accusée, une surveillance par le Comité d'assistance aux libérés, à la rigueur un bracelet électronique.

À la dernière page était agrafé le verdict du tribunal, tombé deux semaines plus tard. « *Le tribunal a suivi la thèse de l'avocat* », était-il écrit. Isra pouvait rentrer chez elle, avec un sursis de six mois. Cela signifiait qu'à ce jour elle devait être libre depuis longtemps. Peut-être vivait-elle de nouveau chez sa mère à Amsterdam. Peut-être faisait-elle ses études d'infirmière. Apparemment, elle ne s'était pas créé de nouveau compte Facebook, et elle n'était pas sur Instagram. Ou alors elle postait sous un autre nom. Tout à l'heure, elle lirait la lettre d'Isra à sa mère, mais elle repoussait encore ce moment. D'abord les autres documents.

Sa tante rentra à la maison et alla se coucher. Les marches qui grincent, le robinet qui coule. Sophie poursuivit sa lecture sans s'interrompre, la tête penchée en avant, les muscles de la nuque tendus, tandis que le calme autour d'elle s'intensifiait. Dans sa chambre, on n'entendait plus que les claquements sourds et irréguliers des tuyaux de chauffage et le vrombissement de son ordinateur portable. Le bourdonnement de l'ampoule. Tout le reste était silencieux.

Enfin, elle chercha la lettre d'Isra à sa mère. Elle feuilleta à nouveau rapidement toute la pile, elle était là. Une photocopie d'une feuille de calepin arrachée. Isra avait une écriture soignée, avec de belles boucles et de grosses lettres rondes, comme font souvent les filles.

Ma maman adorée. Ce que je vais écrire maintenant est la chose la plus difficile de ma vie. Ça me fait mal parce que je dois t'abandonner. Je m'en vais, maman. Et je suis tellement désolée du chagrin que je vais te causer. S'il te plaît, essaie de me comprendre. Je ne sais pas si tu pourras, maman. Au nom d'Allah soubhanahou wa ta'ala, je pars loin de tout ce qui est haram, et j'espère seulement, maman, qu'Allah nous réunira. J'avance sur la voie de la sunna, et j'obéis, comme il le faut. Je t'aime de toute mon âme, maman, autant qu'il est permis d'aimer. Je t'aime. Mais j'aime Allah par-dessus tout. Je ne veux plus vivre dans un pays où je suis si loin de Lui. Où les musulmans comme nous sont opprimés et haïs quand ils se comportent comme il est prescrit. Je vais faire la hijra pour rejoindre nos frères et nos sœurs. Ils ont besoin de moi, maman. Nous avons tellement de sœurs qui sont torturées, violées, tellement de frères qui sont tués.

Sophie s'assit sur l'appui de fenêtre. Le regard vide, elle fixa un point du jardin, entre les grands châtaigniers noirs, pensant à son père et à tout ce qu'il avait fait pour cette fille et les autres enfants du califat. Jusqu'à s'épuiser. Cela avait-il été sa perte ? Isra avait-elle été sa perte ? Elle ferma les yeux et le vit pédaler dans les collines : une silhouette élégante, en short, avec un sac sur le dos dans lequel se trouvaient les poèmes de Rumi. Toute la semaine, il n'avait pas réussi à se concentrer dessus, tant il était absorbé par Isra et les autres enfants du califat. À un croisement en T, il avait hésité, regardé autour de lui, confus, comme s'il ne se souvenait plus par où aller, il avait vacillé et, à ce moment-là, à ce moment précis, une voiture était arrivée à toute vitesse de l'autre côté.

Elle but une gorgée. Pensa aux derniers mois avant son décès, lorsqu'elle se levait pour aller aux toilettes, la nuit, et qu'elle le voyait de plus en plus souvent assis à la table de la salle à manger, penché sur ses papiers, devant son ordinateur portable. Une fois de plus, elle dut réprimer ses larmes. Son champ de vision se rétrécit à un halo tremblant dans le ciel et, depuis un point de l'espace, s'emplit d'images horribles de la Syrie. Les montagnes, des routes accidentées pleines d'hommes hurlant. Des femmes menées vers un lieu d'exécution pour être lapidées. Ces dernières nuits, elle avait de nouveau fait plusieurs cauchemars dont elle s'était réveillée brutalement, en sueur. À sa droite résonnait à présent la voix de son père, à sa gauche se trouvait Isra. Tu étais condamnée aux flammes éternelles de l'enfer si papa n'avait pas obtenu ta libération. Quelque chose dans l'articulation de sa mâchoire craqua et le monde revint à la vie. Elle frissonna. Elle devait absolument trouver du réconfort quelque part. La musique, la musique. *Recomposed by Max Richter, Vivaldi, concerto no. 4, in F minor*. Les yeux fermés, elle s'allongea sur le lit. Elle s'endormit alors que les premières lueurs apparaissaient déjà au-dessus des toits. Une heure plus tard, elle se réveilla, épuisée, les yeux brûlants.

6

Elle était installée en face de Zala dans sa petite chambre. Sophie avait de nouveau attendu près de la porte que son amie revienne avec le gâteau coupé en tranches – dont elle savait maintenant que ça s'appelait du *root* –, des carrés de fudge, du thé et du Coca. Sur le moment, elle s'était encore sentie gênée. Mais Zala avait refermé la porte et elles s'étaient assises.

Sophie regardait autour d'elle pour se réimprégner des lieux. Ses yeux glissèrent sur la photo du jeune homme. Elle ne voulait pas s'y attarder, il lui était arrivé quelque chose de grave, elle en était sûre, et elle frissonna. Spontanément, elle plissa un peu les paupières et les tons de rouge qui s'entremêlaient dans la chambre la frappèrent encore plus que l'avant-veille. Elle observa les fleurs grossièrement brodées sur le tapis pourpre, un tas de coussins dans le coin et une couverture à franges d'un rouge plus terne, recouvrant comme une cape une pile de nattes. Un instant, le monde entier était rouge, comme s'il devait en être ainsi et que cela la protégerait de ce qui devait encore arriver.

« Viens, écoute ça », dit Zala.

Elle avait ouvert YouTube sur son téléphone et lui tendait l'un de ses écouteurs. Sophie se déplaça à côté d'elle sur une natte ; la lumière de la lampe de chevet les enveloppait d'une chaude lueur miséricordieuse.

« Tu as déjà entendu ? »

Zala dodelinait de la tête sur un rythme hip-hop qui allait crescendo.

« C'est en dari. Jamal Mubarez et Khalil Yousefi, dit-elle en souriant. C'est cool, non ? »

Sophie n'avait jamais entendu leurs noms. Le beat était entrecoupé de solos de guitare déchirants. Zala se mit à osciller du buste en chantant les paroles et en gesticulant des mains dans le silence de la chambre.

« Écoute... Ça parle de choses horribles, des guerres dans notre pays, mais c'est trop cool comment c'est fait. »

Elle se rapprocha encore plus – il aurait été difficile de glisser une feuille de papier à cigarette entre elles à présent – et sa voix baissa d'une octave :

« Tu sais ce qu'ils chantent ? »

Elle inclina la tête et se pencha encore un peu plus vers Sophie. Son haleine était fraîche et sucrée, un mélange de cardamome et de fudge. Soudain, le désir de se taire et de ne plus jamais avoir à dire quoi que ce soit. Se taire et résister au temps autrement. Avec Zala. Goûter de leurs lèvres les notes de musique. Peut-être alors Dieu ne serait-Il même plus nécessaire.

« Non, je ne sais pas ce qu'ils chantent.

— *Harf e dil*, ils chantent.

— Ça veut dire quoi ?

— Euh... hum... *Harf e dil*, c'est plus ou moins "des mots qui viennent de mon cœur". Comme... euh... une espèce de secret.

— De secret ?

— "Des choses que je porte dans mon cœur". »

Les sons déferlaient à travers elle, Zala se mit à chanter plus fort, et les poils se dressèrent sur les bras de Sophie lorsque le souffle de son amie frôla son oreille.

« Quel mot veut dire "cœur" et lequel veut dire "mots" ?

— Mmh, c'est difficile à dire, Sophie *djan*. En fait, *harf*, ça veut dire "parle". Et *dil*, c'est "cœur". Mais pas tout à fait non plus, ça ne veut pas vraiment dire "cœur".

— Ça veut dire quoi alors ? »

Zala rit.

« Attends, je t'explique. *Dil*, ça désigne, comment dire, les organes. Mais c'est aussi un mot affectueux. Tu peux dire que tu fais quelque chose du fond de ton *dil*.

— Et le secret dans tout ça ?

— Chut, écoute… »

Sophie essaya. Elle se concentra, les yeux fixés sur Zala, et suivit le mouvement de ses lèvres. Elle essaya ainsi de mémoriser le refrain, mais au début, elle n'avait rien à quoi se raccrocher et trébuchait sans cesse sur les syllabes. Au bout d'un moment, elle parvint à chanter quelques mots, puis quelques autres, ses épaules bougeant au rythme de la chanson. Enfin, elles entonnèrent le refrain ensemble. Sa timidité avait à nouveau disparu et, soudain, il fut quatre heures et elles n'avaient toujours pas discuté des idées que Sophie avait envoyées par e-mail à Zala à propos de la table des matières.

Sophie regarda les pages imprimées qu'elle voyait posées au-dessus d'une pile de papiers. Elle allait devoir beaucoup adapter. Tout ce qui concernait les djihadistes et leurs motivations passerait à la trappe. Au début, ça ne lui avait pas plu évidemment, mais c'était l'unique solution si elle voulait faire le travail avec Zala. Puis Sophie s'était rassurée en se disant que son père aurait également aimé ce sujet. En parlant des clichés néerlandais sur l'islam et en les confrontant à une autre vision, elle défendait la vraie nature de la religion. Quelque chose continuait pourtant à la tracasser, elle se balançait sur son coussin et cherchait les mots pour aborder le sujet. Elles n'en avaient pas reparlé. Bien sûr, elle ne voulait pas gâcher l'ambiance, mais, en même temps, ça lui semblait soudain terriblement important et elle avait l'impression qu'il n'y avait pas de temps à perdre.

Elles étaient allongées sur le dos côte à côte sur le tapis, la tête posée sur un coussin, leurs épaules se touchant presque. Sur son téléphone, Zala cherchait autre chose sur YouTube, tandis que la pluie crépitait dans la gouttière. Sophie se redressa un peu, tourna le visage vers elle et l'étudia, appuyée sur un coude. Juste au moment où elle s'apprêtait à parler, Zala s'écria :

« Regarde, j'ai trouvé ! »

Elle tourna l'écran lumineux vers Sophie, mit le volume plus fort et une voix masculine puissante envahit l'espace entre elles.

« C'est super vieux, Aamir Khan, une star de Bollywood des années quatre-vingt, mais toujours populaire en Afghanistan. »

À en juger par le son, il s'agissait en effet d'un vieil enregistrement, car la voix impérieuse d'Aamir Khan parvenait à peine à se frayer un chemin à travers les grésillements. Zala se mit à rire. Sophie regarda sa lèvre supérieure se retrousser à nouveau, l'étroite rigole qui prenait sa source entre ses narines. Zala se remit à chanter. Sophie devait parler. Maintenant.

« Za ?

— Oui ? »

Zala se tourna et leva les yeux vers elle.

Sophie retint son souffle avant de se lancer :

« Je me disais, euh… le travail… on va changer beaucoup.

— Oui, acquiesça Zala. Ce sera vraiment bien avec les interviews. On aura dix, c'est sûr. »

D'un geste naturel, elle saisit une mèche de sa chevelure et l'étira vers elle jusqu'à faire reposer la boucle sur sa joue. Elle se mordillait la lèvre d'un air détendu.

Sophie sentit qu'elle-même se crispait. Elle ne savait par où commencer. Mais il le fallait, elle devait en reparler, ça bouillonnait trop dans sa tête.

« La Mecque, dit Zala au bout d'un moment.

— Quoi ?

— La Mecque, au VIe siècle. La première société formée autour de Mahomet, eh bien, ils avaient une loi qui disait que tout le monde pouvait vivre là en bonne entente, juifs, non-croyants, ils n'avaient pas le droit de se faire du mal. Ils se respectaient. C'était la paix totale. Tu ne trouves pas ça dingue ? Qu'aujourd'hui les gens prétendent que l'islam est intolérant ? »

« C'est pas étonnant que pour certains l'islam complète le judaïsme et le christianisme, et que c'est la meilleure religion.

— Qui pense ça ?

— Beaucoup de gens. »

Zala se mordillait à nouveau la lèvre distraitement.

« Tu sais quoi ? Parfois, j'aimerais bien vivre à cette époque. Retourner en ce temps-là. »

Elle montra la fenêtre et l'obscurité, comme si le royaume de La Mecque s'étendait juste derrière.

« Comme ça, je disparaîtrais, et pouf, je me retrouverais là, en pleine paix ! »

Elle s'allongea de nouveau à côté de Sophie, le coussin glissa sous le poids de son corps.

« Mmh…

— Enfin, quoique, se ravisa Zala en se redressant à moitié, et elle se mit à rire. Tu m'imagines. Moi ! Sans Nike, sans Air Jordan, sans iPhone, sans Aamir Khan, sans rien ! Des chameaux et du sable, c'est tout ! »

Sophie se mit à rire aussi. Elle redressa le buste. Elle devait aller au bout de son idée. Pensive, elle regarda son thé, puis dit d'un ton qui lui parut trop timide :

« Je voudrais encore te demander quelque chose. »

Zala se leva d'un bond en souriant.

« Quoi, Sophie *djan*, quoi ? Demande-moi n'importe quoi ! »

Elle roula des yeux, écarta les bras, inclina la tête, mimant une sorte de grande prêtresse, et déclama d'une voix solennelle :

« Moi, l'oracle de Kandahar, je vous invite chaleureusement à me demander n'importe quoi. »

Et elle se remit à rire. Elle avait la bouche pleine de fudge. Elle mastiqua, puis déglutit.

« Quoi ? répéta-t-elle sérieusement avant de se rasseoir.

— C'est à propos des djihadistes…

— Non, Sophie *djan* ! s'exclama-t-elle. Pas encore ? Pfff, tu es vraiment bizarre parfois. »

Avec un soupir, elle releva la tête et regarda Sophie bien en face. Elle plissa les yeux.

Sophie ne devait pas se laisser décontenancer, c'était important.

« Tu as dit qu'ils étaient bêtes, commença-t-elle.

— C'est ce qu'ils sont. »

Elle vit les pupilles de Zala se dilater.

« Mais pas tous, je crois. »

Elle se lança, sans trop savoir dans quelle direction elle allait.

« Certains sont différents, non ? »

Elle marqua une pause, repensant à son père, eut un rictus. L'épais tas de notes de plaidoirie, ce qu'il disait à propos d'Isra. La lettre d'Isra à sa mère. Son écriture ronde. *Maman, nos frères et sœurs sont torturés, assassinés, violés. Maman, j'avance sur la voie de la sunna. Je ne veux pas vivre dans un pays aussi éloigné d'Allah.* Isra avait-elle le droit de revenir aux Pays-Bas ? Était-ce juste, ce que son père avait fait ? Ce n'était pas possible autrement. Ses intentions étaient bonnes. Tout comme les siennes à présent. Alors, pourquoi était-elle incapable de les formuler clairement ?

Parfois, elle pensait que tout ce que son père avait voulu dire, tout ce pour quoi il avait travaillé si dur, pouvait se résumer à un seul mot. Mais elle ne parvenait pas à trouver ce mot.

« Pas tous, non… » répéta-t-elle.

Son ton était mal assuré, mais il fallait qu'elle continue. C'était très bizarre. Ses mains picotaient, elle avait une sensation de chaleur et d'agitation. Comme s'il y avait quelque chose, quelque chose qui se trouvait peut-être juste sous son nez, qu'elle devait parvenir à attraper avec les dents, mâcher, mâcher jusqu'à le réduire en bouillie, tel un gros morceau de pain à engloutir. À engloutir et avaler intégralement pour le garder comme une vérité au fond d'elle-même.

Zala fit à nouveau claquer sa langue.

« Tout le monde ne part pas pour combattre », tenta-t-elle.

Tout ce qu'elle disait devenait aussitôt un gouffre dans lequel elle basculait. Elle n'allait que s'enfoncer davantage dans ses propres mots.

« Ah bon, tout le monde ne part pas pour combattre, répéta Zala avec dédain. Tu crois ça, toi ?

— Parfois, c'est pour aider là-bas, s'entendit-elle dire, tandis que résonnaient les propos de son père. Des musulmans sont massacrés et le monde occidental reste les bras croisés. Srebrenica, l'Afghanistan. L'Irak, et maintenant la Syrie. C'est comme si la vie d'un musulman avait moins de valeur que la nôtre. Ça suscite la colère. L'injustice dénoncée par ces jeunes est réelle. Les solutions qu'ils proposent ne sont pas les bonnes, non, mais ils sont en colère, et ils veulent agir. »

Elle avait à présent les épaules relevées presque jusqu'en haut de la nuque.

« Si tu pars là-bas, ça montre que tu ne tournes pas rond. »

Sophie renifla, s'efforça soudain de contenir son agacement. Comment diable poursuivre cette discussion ? Elle reprit tout de même :

« Ils ne savent pas toujours dans quoi ils s'embarquent. Parfois, ils sont manipulés... et... »

Elle se tut subitement. De quoi se mêlait-elle ? Elle était néerlandaise, blanche ; elle avait peur de dire une bêtise. Même si elle était quelque part convaincue d'en savoir plus que Zala, c'était malgré tout complexe. Zala était musulmane. Elle essaya encore de dire quelque chose, les mots franchissant difficilement ses lèvres :

« Certains veulent y aller parce qu'il y a un califat, le deuxième de toute l'histoire. Parce qu'il est plus facile d'être un bon musulman là-bas, parce qu'ils peuvent être plus proches de Dieu là-bas qu'ici. »

L'argument n'avait visiblement pas fait mouche.

Le visage de Zala s'assombrit.

« C'est n'importe quoi. Y a pas besoin de retourner à la préhistoire pour être un bon musulman, hein ? Si Mahomet vivait aujourd'hui, il se baladerait comme tout le monde en baskets avec son smartphone. »

Sophie voulut protester, parler d'Isra et de la façon dont elle se faisait insulter dans la rue. Son père avait parlé de prophétie autoréalisatrice. « Les Néerlandais ont peur des musulmans qui s'habillent de manière traditionnelle, avait-il dit. Ça en fait des terroristes à leurs yeux. Mais en les traitant ainsi, en les insultant, en les rejetant, on les éloigne encore plus de nous. On en pousse même certains droit dans les bras de Daech. » Elle voulait dire tout cela, mais se rendit compte que ça n'aurait aucun sens dans sa bouche, et alors seulement elle prit conscience des paroles que Zala venait de prononcer, et elles éclatèrent de rire en même temps. Pendant plusieurs minutes, elles furent incapables d'arrêter, imaginant Mahomet en baskets avec un smartphone dans le désert. À plusieurs reprises,

Zala détourna le visage et couvrit sa bouche, honteuse, dans la tentative de réprimer son fou rire, mais un autre gloussement s'échappait de sa gorge. Puis elle se redressa et dit d'un air grave :

« Non, mais je suis sérieuse, tu ne peux pas croire ça. C'est des conneries. L'islam n'a rien à voir avec des petites règles moyenâgeuses. Et l'endroit où on vit n'a aucune importance. L'islam, ça n'est que deux choses : la première, c'est de bien se comporter avec les autres, la deuxième, c'est, comment dire… allez, ta relation avec Dieu. »

Elle porta la main à son cœur et l'y laissa un instant.

« Ce qu'il y a entre Dieu et toi. L'amour. Et ça, ça ne regarde personne d'autre que toi. »

Sophie se taisait, déconcertée. Elle n'avait jamais entendu Zala parler aussi sérieusement. Sur le site des convertis aussi, il était toujours question d'amour divin. Du fait qu'Allah aimait les gens qui s'adressaient à Lui et prononçaient la *chahada*. Alors Il vous aimait naturellement. Dans un réflexe, elle regarda le pendentif de Zala, qui captait la lumière. Comme si elle ne s'adressait pas à Zala mais à une tout autre personne, elle demanda soudain :

« Qu'est-ce que tu en penses ? Si je me convertis, si je prononce la *chahada*, est-ce que j'aimerai automatiquement Dieu ? Et est-ce que Lui m'aimera automatiquement ?

— Mais qu'est-ce que tu racontes comme bizarreries ! »

Zala tenait son verre contre ses lèvres et la regardait avec de grands yeux. Sophie se ratatina un instant, mais se ressaisit aussitôt, pensant : Non, je veux vraiment le savoir. Elle releva la tête.

« C'est ce que j'ai entendu dire. Que ça fonctionne comme ça. »

Le petit visage spectral d'Isra lui revint à l'esprit. Isra qui avait voulu vivre près du cœur battant d'Allah. Allah l'aimait-Il ? Et si oui, pourquoi ? Elle avait commis de mauvaises actions. Alors qu'elle, Sophie, malgré tout ce qu'elle essayait de comprendre, de sentir, n'avait toujours reçu aucun signe de Dieu. Tout cela lui paraissait tellement injuste. Et Allah avait-Il aimé son père, simplement pour toutes les bonnes choses qu'il avait faites ? Toutes ces pensées commençaient à bourdonner de façon gênante dans la tête de Sophie. Soudain, cette conversation lui fit presque peur.

« Non, bien sûr que non, Sophie *djan* ! Ce n'est pas comme ça que ça fonctionne, tu le sens bien toi-même, non ? »

Zala parlait avec assurance et concentration.

« C'est comme si... soupira-t-elle, cherchant ses mots. C'est comme si je te disais "Aime cette personne" alors que tu ne la connais pas : ça ne marcherait pas ! Eh bien, aimer Dieu d'un coup, ce n'est pas possible non plus. Tu dois apprendre à Le connaître. Tu ne peux quand même pas aimer quelqu'un que tu ne connais pas ! »

Sophie acquiesça, et tout se tut à l'intérieur, parce qu'elle ne savait pas elle-même comment demander ce qu'elle voulait savoir.

« Non, bien sûr que non », articula-t-elle avec difficulté et, d'un geste de désespoir, elle haussa les épaules.

Elle ne dit plus rien et ses yeux retombèrent sur la photo du jeune homme.

À nouveau, elle repensa à tout ce qu'elle avait lu sur les guerres en Afghanistan. Sur les combattants. Les moudjahidines. Et les talibans, dont elle ne savait pas exactement ce qu'ils étaient. Si elle se souvenait bien, ils avaient à voir avec Al-Qaida et étaient tout aussi violents. Mais elle avait lu aussi une belle histoire à propos de leur chef, le mollah Omar, qui avait remis aux habitants de Kandahar le célèbre manteau que portait Mahomet lors de son voyage au Ciel.

« Il y a aussi des djihadistes dans votre pays ? demanda-t-elle sans vraiment réfléchir.

— Je les déteste.

— Qui ?

— Les talibans. »

Le visage de Zala s'assombrit encore plus. À ses commissures, qui tombaient déjà, apparurent de petits plis qui lui donnèrent un air amer et triste. Elle se leva, reprit un fudge dans le bol, le sortit de son emballage, qu'elle froissa et jeta dans son verre où demeurait un fond de thé, si bien que la boulette de papier se retrouva flottant dans le liquide noir. Sophie regretta immédiatement sa question.

Zala déglutit et dit :

« Je ne vais pas parler des talibans. »

Elle était encore en train de mâcher son fudge qu'elle en déballa déjà un second, enfonça son pouce dans le petit carré, puis le fit rouler dans sa paume jusqu'à former une épaisse rondelle marron clair.

« Non, tu n'es pas obligée si tu n'en as pas envie », répondit Sophie, mais Zala ne l'entendit pas, ou fit semblant peut-être.

« Et si on se mettait à la table des matières ? » demanda-t-elle alors d'une voix fluette.

Papa, viens plus près. Tu dois m'aider. Comment tout cela s'imbrique-t-il ? Elle se leva et fit quelques pas vers le bureau, prit les feuilles et tendit le cou comme si elle pouvait voir son père assis plus loin dans la chambre. Si seulement il pouvait lui expliquer comment tout cela s'articulait, tout ce qu'il avait compris, ce qu'il expliquait aux gens à la barre du tribunal. Tu savais formuler les choses, papa, moi je ne sais pas. Mais je dois essayer. Elle se rassit à côté de Zala et insista :

« Commençons, et puis on verra. »

Zala s'accroupit, saisit les épaules de Sophie et plaça ses yeux à hauteur des siens.

« Promets-le-moi encore une fois.

— Quoi ?

— Promets-moi que tu n'écriras jamais, mais vraiment jamais sur ces jeunes, sur ces djihadistes, comme si ce qu'ils font était normal. D'accord ? »

Sophie acquiesça.

« Bien sûr », assura-t-elle avec empressement, mais elle ne comprenait pas pourquoi Zala lui demandait cela : elles faisaient le travail ensemble, non ?

Le reste de l'après-midi, Sophie ne pensa plus à sa promesse. Elles étaient assises par terre, les livres éparpillés autour d'elles. Zala tenait un bic entre son pouce et son index, soulignant les passages importants.

« Écoute, dit-elle alors en faisant des gestes avec les doigts, comme pour montrer quelque chose dans l'air environnant. Tu te souviens de la sourate 109, celle dont on parlait ? Qui dit que selon l'islam, chacun a sa foi et ne doit pas se mêler de celle des autres ? Et ce qu'on disait sur Mahomet à La Mecque, sur la tolérance qui régnait à l'époque ? On va commencer par là. Puis on décrira l'image de l'islam telle qu'elle est à l'heure actuelle… »

Elles travaillèrent ainsi pendant un bon moment, alternant silence et discussion. Sophie savourait chaque instant qui semblait suivre un programme préétabli.

À nouveau, il se fit tard. Derrière la fenêtre, le ciel perdait ses couleurs, et les petits frères commençaient à courir et crier dans le couloir. Au loin résonnaient les aboiements incessants d'un chien. C'est si bon d'être ici, se dit Sophie. Si je reste encore, je ne partirai plus jamais. Elle prit son téléphone. Il était six heures. Elle se rendit compte qu'elle n'avait plus pensé un seul instant à leur discussion sur les djihadistes.

Juste avant qu'elle ne parte, Zala lui demanda :

« Dis-moi encore un truc en arabe. »

Sophie réfléchit un instant, puis dit, en articulant exagérément :

« *Noudzour* veut dire "sacrifice". Mais, écoute : *nouuudzoooouuuurrr,* c'est "un vœu". »

Elles éclatèrent de rire.

« La semaine prochaine, je t'apprends pour de vrai.

— Pour de vrai ?

— Pour de vrai. »

Elle regarda sur le côté. Zala fit à nouveau claquer sa langue.

« Et ça, comment tu fais ? demanda Sophie.

— Comme ça. »

Elle essaya aussi, avec la luette, en vain.

« Je t'apprendrai la semaine prochaine.

— D'accord. »

Sophie s'enfonça dans le soir en direction du métro et, tandis qu'elle longeait les maisons qui s'assombrissaient, ressentit pour la première fois depuis longtemps ce qui ressemblait à du bonheur. Les rues qui lui étaient apparues plus tôt si étranges et désolées se mettaient à scintiller et, à mesure qu'elle les remontait, elle avait le sentiment que tout se rapprochait avec douceur. Qu'elle avait quand même sa place finalement.

Ce soir-là, elle était assise, les genoux repliés, sur son appui de fenêtre. Sa tante s'était retirée dans la pièce de musique, les notes de son piano lui parvenaient en sourdine par la cage d'escalier. La lune était claire et pleine, il en émanait une lumière silencieuse et lointaine. Scrutant cette grande boule étincelante de blancheur suspendue là toute seule dans le ciel, Sophie imagina qu'il s'agissait de l'œil de Dieu, qui la surveillait. Mais de façon amicale, serviable. Elle pensa au mot « miséricordieux », qui revenait si souvent dans tous les livres sur l'islam. C'était l'œil miséricordieux de Dieu. Bizarrement, cela semblait juste. Tout bas, elle dit pour elle-même : « C'est le Dieu miséricordieux », et elle eut l'impression de regarder quelque chose qu'elle connaissait. La lune semblait plus proche qu'elle ne l'avait jamais vue. Dans sa tête apparut ce qu'une fille avait écrit sur le site des convertis. Que l'appel d'Allah arrivait au moment où on ne Le cherchait pas. Parce que Lui vous cherchait. Pour une autre fille, Il était apparu en rêve et, lorsqu'elle s'était réveillée, une magnifique lumière se déversait dans sa chambre entre les rideaux. Ensuite, elle avait senti Sa présence partout dans sa vie.

Pour une autre encore, ce fut lorsqu'elle aperçut un beau coran rouge et or dans une librairie et qu'elle toucha sa couverture, après y avoir été poussée par une force incompréhensible. Peut-être alors qu'il n'était pas nécessaire d'apprendre à connaître Allah avant, comme le prétendait Zala. Peut-être qu'Il la cherchait aussi et que ça viendrait naturellement, une fois que Lui l'aurait trouvée. Elle ne s'autorisait presque pas à espérer, mais peut-être qu'elle aussi finirait par trouver Dieu, comme Zala et comme les autres filles, les converties. Ce n'était pas une question de règles, Zala l'avait bien dit, n'est-ce pas ? Elle avait parlé de petites règles moyenâgeuses. Ça se passait entre Dieu et elle. Sophie se souvenait à présent qu'une fille sur le site avait écrit quelque chose de similaire, disant que les autres lui paraissaient trop préoccupés par les règles de la religion, et elle avait donné en exemples certains fils de discussion : « *Si mon chat marche sur mon sajda, dois-je recommencer ma prière ?* », ou « *Jusqu'où dois-je couvrir mes chevilles ?* » *Vous ne réfléchissez pas aux bonnes choses,* avait-elle commenté. *Allah n'est pas comme ça. Entre Dieu et vous, c'est une relation d'amour. Et ça se passe juste entre Lui et vous. Le jour viendra où Il vous appellera. Puis ça se fera naturellement. Vous aimerez Allah et Il vous aimera. Vous sentirez alors de vous-même ce que vous pouvez faire ou pas*. Elle donnait encore d'autres exemples. *Vous trouverez alors normal de ne pas prier sur un tapis sale, de ne pas faire le wudhu sans la bonne intention et vous n'oublierez pas de porter le hijab. Parce qu'Il vous voit. Il est avec vous. Et vous saurez vous-même quoi faire pour qu'Il soit heureux.* « Il vous voit », cette phrase avait continué de résonner dans la tête de Sophie. Elle l'avait hantée pendant des jours. Être vue par Dieu. Ça lui paraissait aussi fabuleux qu'incroyable.

À dix heures, après une longue douche, elle se mit au lit. Elle se sentait bien, tranquille. Le soir s'évanouissait doucement, elle s'assoupissait, mais un peu plus tard, alors qu'elle était à moitié endormie, la cacophonie reprit dans sa tête. Zala murmurant la *chahada* à son oreille, la porte de la cellule d'Isra qui claquait, les pleurs désespérés de sa tante dans la chambre à l'autre bout du couloir. Elle se retourna, tira l'oreiller sur sa tête et, au bout d'un moment, c'est la voix de son père qui passa au travers. Basse mais intelligible, son doigt contre sa joue : « Tu es sur la bonne voie, ma fille. »

7

LE LENDEMAIN MATIN, elle se mit aussitôt à élaborer la nouvelle table des matières de leur travail de fin d'année. Elle s'était réveillée de bonne heure et, avant même que sa tante se lève, bien avant que l'école commence, elle s'était assise à son bureau. Elle avait mal dormi et la fatigue s'était logée entre ses omoplates. Mais elle ne se laissait pas distraire. L'ordinateur portable était ouvert, tous ses livres autour d'elle. Ce qu'elle avait déjà écrit, elle l'avait coupé-collé dans un document à part. Le jeter tout à fait, elle n'aurait pas pu, mais c'était un nouveau travail qu'elle entamait à présent avec Zala.

Comme sujet, il y avait écrit, en grandes lettres élégantes : *L'image de l'islam aux Pays-Bas. Qu'est-ce qu'on lui reproche ?* Dix lignes de blanc, puis leurs noms : *Sophie ten Boer et Zala Azimi*, et leurs classes : *1re A et 1re B, profil culture et société.* La question principale et les nouvelles sous-questions étaient déjà listées avec soin, et elle étoffait à présent la partie théorique et les questions de recherche. Elle se débattait avec l'hypothèse de base et écrivit dans son fichier de brouillon des choses telles que : *Les Néerlandais voient l'islam comme une religion violente sous l'influence des médias. Ceux-ci établissent des liens simplistes entre violence et religion. En réalité, l'islam est à l'origine une religion dans laquelle des concepts tels que la tolérance et le maintien de la paix sont essentiels.* Elle énuméra des noms et des théories de linguistes, d'historiens et d'islamologues qui avaient analysé les sourates appelant à la paix et à la patience, puis décrivit les pratiques contemplatives des soufis. La nouvelle épigraphe, tirée du Coran, figurait déjà en tête de page : « *Quiconque tuerait une personne, c'est comme s'il avait tué tous les hommes* », *sourate 5 Al-Maidah, verset 32.* Et : « *Les cœurs se tranquillisent à l'évocation d'Allah.* » *(13, 28).*

Pourtant, elle était encore loin d'être satisfaite. Elle devait revoir Zala vendredi pour continuer ensemble, ensuite Zala partirait en Allemagne. À son retour, Sophie voulait avoir terminé toute la partie théorique. Ce devait être plus beau que tout ce qu'elle avait jamais fait dans sa vie.

Ce vendredi-là, Zala la proclama « son imam », tant elle connaissait de choses sur l'islam, et Sophie rit, à la fois fière et gênée. Le samedi, elles écoutèrent de la musique toute la journée dans la chambre de Zala et, le dimanche, elles allèrent au parc avec ses petits frères. Deux bonnes semaines s'écoulèrent, au cours desquelles elles se virent le vendredi et le week-end entier.

Pendant la semaine, Zala avait peu de temps. Après le lycée, elle devait aider ses frères à faire leurs devoirs, traduire du courrier pour sa mère et son oncle et, une fois par semaine, elle allait à la mosquée. Pas une des mosquées du quartier où ils auraient pu facilement se rendre à pied, mais celle où allaient les Afghans. Elle se trouvait en périphérie, plus loin encore que la zone portuaire, derrière les nouveaux lotissements sortis de terre ces dernières années à la lisière de la ville. Zala prenait le bus avec son oncle et les plus âgés de ses frères. Trois quarts d'heure aller, trois quarts d'heure retour. Parfois, sa mère les accompagnait. Zala devait aussi souvent jouer les interprètes pour sa mère et son oncle. Chez les médecins, à la mairie ou auprès d'organismes dont Sophie n'avait jamais entendu parler. La dernière fois, Zala les avait accompagnés chez un avocat. « Un avocat ? » avait-elle réagi, surprise, et pendant une fraction de seconde, elle avait eu envie de parler de son père, des procès de djihadistes, d'Isra, mais elle s'était tue. S'était contentée de demander pourquoi. « Oh, rien, un souci avec le permis de séjour, avait répondu Zala, écartant le sujet d'un geste de la main. Ça va s'arranger. »

La semaine, Sophie menait donc sa vie de son côté. Comme si elle ne sentait pas que quelque chose de grave était sur le point de se produire. Le matin, elle allait au lycée, passait d'une salle de classe à l'autre, suivait les cours. Il lui suffisait d'écouter d'une oreille pour que son cerveau assimile la matière. Mathématiques, latin, anglais : des matières tellement plus ennuyeuses que les livres de son père... De temps en temps, dans les couloirs, elle sentait sur elle le regard de Zala et la voyait de loin. Elle lui rendait alors son regard, elles se souriaient, puis détournaient les yeux. Comme si elles étaient convenues de ne pas se parler au lycée.

Elle n'avait pas envie que quiconque sache à quoi elle occupait son temps. Ni sa tante, ni ses camarades de lycée. Personne n'avait le droit de se mêler de sa vie. Tout se passait naturellement. Elle se comportait comme d'habitude. Aux pauses, elle se joignait à tel groupe, puis à tel autre, évitait la cohue. Si elle était obligée de parler, elle inventait quelque chose, sinon elle préférait en dire le moins possible.

Après les cours, elle était seule dans la grande maison silencieuse, sa tante était encore au conservatoire. Elle se promenait en écoutant ses propres pas. Faisait ses devoirs et vérifiait sans cesse si Zala était en ligne. Mais elle l'était rarement. Et jamais longtemps. Parfois, c'était juste pour un « coucou Sophie *djan* », « coucou Zala *djan* », quelques smileys et vidéos. C'était déjà beaucoup.

Souvent, Sophie traînait sur le site des convertis, relisait chaque histoire. Une fois, elle cliqua sur un lien vers un site de vêtements islamiques et fut submergée par l'offre. Des foulards de toutes les tailles et dimensions, carrés ou ovales, en viscose, en crêpe, en soie et en coton. Il y avait des abayas, des hijabs, des kimonos, des khimars, des jupes-culottes et des niqabs en satin ou « confort », sans mention de matière. Même si elle savait qu'elle ne les porterait jamais, elle cliquait sur un vêtement après l'autre. Au bout d'une dizaine de minutes, elle avait assez d'articles dans son panier, son préféré étant un niqab garni de minuscules paillettes, comme celui que Zala portait la première fois qu'elle était allée chez elle. Rose. Vingt-quatre heures plus tard arriva une longue boîte, étroite et légère. Elle l'emporta rapidement à l'étage, sur la mezzanine, et cacha son contenu dans le coffre avant que sa tante ne rentre. Au fond du coffre, il y avait déjà le dossier, qu'elle n'avait pas consulté depuis quinze jours, et elle mit les vêtements neufs par-dessus.

Le soir, elle dîna avec sa tante, parla d'école, de musique, de l'actualité et de la guerre, puis elles retournèrent toutes les deux à leurs occupations. Elles laissaient provisoirement de côté le morceau de musique qu'elles devaient travailler ensemble. Elles le reprendraient après les vacances. Chaque soir était désormais identique au précédent. Lucienne était au piano, ou à table, sous le petit cercle lumineux de la lampe, penchée sur les devoirs de ses étudiants, si calme et silencieuse qu'il semblait à Sophie qu'elle n'avait pas bougé d'un pouce lorsqu'elle descendait faire du thé. C'était presque inimaginable de penser que c'était la même femme qu'elle entendait gémir la nuit en prononçant le nom de son père.

Mais ces soirées passaient, le vendredi après-midi revenait et les amies se retrouvaient. Sophie frappait et, par le petit carreau de la porte d'entrée, voyait Zala arriver dans le couloir, son pantalon et sa robe en coton léger flottant autour de ses cuisses fines. Zala ouvrait la porte à la volée, tout sourires, et lui sautait au cou avec un long « Sophie *djaaan* ». Ces après-midi-là, sous la photo du jeune homme qui devait être le père de Zala, sur les nattes avec les plaids à moitié défaits, près du tas de Nike, avec les miettes de fudge et les verres de thé où flottaient les graines de cardamome, dans cette chambre, momentanément, il n'y avait plus ni questions ni réponses. Tout ce qui comptait, c'était d'être là ensemble, de travailler sur leur texte, sérieusement, c'étaient tous les mots sur l'islam et la paix, jusqu'à ce que l'une d'entre elles se remette à parler de *noudzour*, ou de *nouuudzooooouuurrr*, ou se lève et esquisse un pas de danse façon Bollywood, en faisant bouger son corps par à-coups, en tortillant des bras, le cou raide, ses mains virevoltant autour de la tête, tandis que l'autre frappait dans les paumes ou riait à en recracher son thé. Ensuite, elles s'efforçaient de redevenir sérieuses, jusqu'à ce que l'une jette un coup d'œil furtif sur le côté et tombe sur le visage de l'autre qui levait prudemment le regard au même moment, et c'était reparti pour un fou rire, à en avoir les larmes aux yeux. Pendant ce temps, de l'autre côté du mur, les cris de dispute de la mère et de l'oncle de Zala résonnaient de plus en plus souvent, de plus en plus fort, parfois mélangés aux sons de la radio que Sophie ne comprenait pas, mais elles mettaient alors leurs écouteurs, et le timbre plein et aigu d'Aamir Khan balayait tout. Sophie redoutait déjà de ne pas voir Zala pendant presque une semaine entière.

II

8

C'ÉTAIT VENDREDI, les vacances d'automne commençaient et Sophie se sentait désemparée depuis déjà plusieurs jours. Le surlendemain, dimanche, elle reverrait Zala pour la dernière fois avant son voyage en Allemagne. Ce soir-là, Zala n'avait pas le temps. Elle ne s'était presque pas connectée de toute la semaine et c'était quasiment comme si elle était déjà partie. Sophie avait un mauvais pressentiment. Dans le couloir du lycée, elle avait croisé une fille de l'autre classe de première et l'avait arrêtée pour lui demander si elle savait où était Zala. La fille avait haussé les épaules, elle savait seulement que Zala n'était pas venue en cours depuis deux jours. L'après-midi, Sophie avait fait trois tours en métro sans but précis, avant de descendre à la mosquée pour s'asseoir sur son petit banc, où elle se tordait les mains. La prochaine prière n'avait lieu que deux heures plus tard. Pour l'instant, les lieux étaient déserts. Les phares des voitures dessinaient dans l'air des traits indistincts. Au loin, la tour du cabinet de son père scintillait, dominant le paysage comme toujours. Bien que la journée de travail soit déjà terminée, les bureaux étaient encore éclairés, si bien que la pluie tombait dans un ciel joliment illuminé. Mais les belles choses semblaient dorénavant plus éloignées que jamais.

Découragée, elle laissa tomber la tête sur sa poitrine et ferma les yeux. Toute la journée, elle avait été incapable de se remémorer son père. Chaque fois qu'elle essayait de se souvenir de son visage, il n'y avait qu'un vide étrange dans sa tête. La seule image qui lui vint à l'esprit, subitement, ce furent ses mains, des mains solides aux longs doigts fins, des mains très douces et blanches aux paumes roses avec, à la base du pouce gauche, une tache de naissance, brune.

Sophie observa la tour de bureaux un long moment, attendant l'instant où elle entendrait la voix de son père, où il se rapprocherait. Elle fit les cent pas devant le banc, mais le sentait seulement s'en aller. Son vélo gravissait un sentier de montagne et il s'éloignait d'elle de plus en plus. Le sentier devenait toujours plus étroit au fil de son ascension vers le sommet. Le vélo serpentait entre les rochers. Au-dessus, l'air appauvri se déployait, pâle et grandiose, tandis que lui disparaissait progressivement de son champ de vision, sans qu'elle puisse rien y faire. Elle cherchait sa voix qui lui dirait quelque chose à propos de la sourate de l'escalier qui monte, mais rien ne venait ; il n'y avait que ce silence de mauvais augure. Dans le métro du retour, elle tenta à nouveau de voir son visage, le visage de son père qui lui faisait signe sur le quai, tenta de se rappeler le mouvement de ses mains ; en vain, elle ne savait plus où tout cela était rangé dans sa mémoire.

Elle était assise dans sa chambre, la porte fermée à clé. Avec des gestes mécaniques, elle dézippa la housse de son ordinateur portable, sortit l'appareil, ouvrit son document de travail, mais elle n'arrivait pas à se concentrer. Elle se remit à marcher en rond. L'instant d'après, elle s'agenouilla devant son lit. Ses mains fouillèrent l'espace en dessous. Elles effleurèrent le cuir rugueux de la valisette qui avait appartenu à sa mère. Elle n'avait pas besoin de l'ouvrir pour savoir ce qu'elle contenait. Sa collection de foulards et de ceintures, d'élégants stylos-plumes et les livres dans lesquels elle avait noté la musique des morceaux qu'elle aimait chanter pour son mari. Jacques Brel, Yves Montand.

Sophie l'ignora, et ses mains allèrent droit à ce qu'elles cherchaient : le journal de l'été dernier avec l'article sur son père. Peut-être cela le ferait-il revenir. Il s'agissait d'une longue interview avec une photo pleine page. Une photo de son père tel qu'elle le connaissait sans le connaître : à vélo, le visage bronzé et les yeux pétillants, pleins d'espoir. Tandis que Sophie parcourait les pages, sa poitrine n'était plus qu'un trou d'où irradiait une douleur qui se propageait à tout son corps. En rage, elle se laissa retomber sur le lit. Alluma la lumière. Se redressa. Ouvrit la bouche pour l'insulter, mais dans une profonde inspiration, ravala tous les mots qu'elle aurait voulu crier, regarda en silence devant elle, puis se tourna d'un coup vers sa photo et murmura :

« Tu avais dit que tu resterais… Tu avais dit que, toi, tu resterais. »

Après avoir écouté une partie d'un concert de Verdi, dont les sons semblaient venir de beaucoup trop loin, elle reprit le journal. À nouveau, elle laissa errer son regard sur la photo, le cerveau presque vide. Quand soudain, elle sursauta si violemment à la lecture de la légende qu'elle demeura choquée une seconde et ferma les yeux, consternée. Elle l'avait lue tellement de fois, mais les mots ne lui parvenaient que maintenant. *L'avocat pénaliste Siewert ten Boer*, était-il écrit. Bien sûr. Tout le monde l'appelait Sjoerd, mais le nom qui figurait sur sa carte d'identité, son prénom officiel, c'était Siewert. C'était sous ce nom qu'il était connu de sa profession. Pas étonnant qu'elle n'ait rien trouvé à propos de ce qui s'était passé. Elle attira vers elle son ordinateur portable, ouvrit Google, tapa son nom suivi des mots-clés « djihad, avocat » et ferma les yeux. Son sang pulsait dans ses veines. Tu n'es pas obligée de regarder, tourne la tête et éteins. Ne fais pas ça. Autour d'elle, le silence, juste le murmure de la bruine. Elle rouvrit les yeux, fit un aller-retour jusqu'à l'appui de fenêtre, se rassit.

À l'écran apparurent d'abord les quelques articles qu'elle avait déjà vus. Elle les fit défiler. Un titre en grosses lettres noires. *L'échec du système pénal néerlandais : la fiancée du djihad Isra El H. a rejoint le califat.* Et la photo de son père. Elle se détourna de l'écran, accrocha désespérément son regard au poster des Sex Pistols. Elle se leva, voulut s'enfuir, mais tous ses muscles se raidirent. C'était donc ça. Ses soupçons à l'égard d'Isra se confirmaient. Elle avait menti. Son histoire à l'eau de rose, ses prétendues bonnes intentions. De la comédie. Elle avait réussi. Elle était là-bas. Et le fait qu'elle soit là-bas, qu'elle ait quand même fini par y arriver, ne signifiait qu'une seule chose : elle l'avait dupé. Il était déjà si fatigué à cause de tout ce qu'il avait fait pour elle et les autres gamins. Cette tromperie d'Isra avait-elle été la goutte de trop ? À cette pensée, sa tête se vida, elle eut le vertige. Elle s'assit au bord de son lit et, penchée en avant, poussa de petits sanglots étouffés. Au bout d'un moment, elle reprit l'ordinateur portable. Elle vit alors la photo qu'elle connaissait déjà, celle de son père avec Isra devant le tribunal.

Elle dirigea dessus la lampe torche de son téléphone, s'approcha et promena son regard sur l'image, cette fois de manière méticuleuse, analytique. En haut à droite, son père : le menton légèrement relevé et les épaules droites, son sourire éclatant. En bas à gauche, Isra, son visage bien visible à présent, mais qu'elle n'osait toujours pas regarder en face. Elle se glaça intérieurement et, tandis que les larmes recommençaient à couler sur ses joues, ses yeux se portèrent de façon saccadée sur le texte. Elle le fit défiler, voulant voir jusqu'où il allait, mais, n'en voyant toujours pas la fin au bout de trois pages, elle remonta le curseur au début. Le souffle quitta lentement son corps et, durant de longues et atroces minutes, elle se mit à lire par bribes ce qui était écrit.

Un avocat crédule s'est laissé berner par une fiancée du djihad roublarde. [...] Les Pays-Bas sont démunis face aux plus rouées des fiancées de l'organisation terroriste Daech. [...] De retour dans le califat, la jeune Amstellodamoise Isra El H. prépare-t-elle un attentat ? [...] Les experts dénoncent un manque de connaissances et une naïveté excessive de la part de la justice et en particulier des avocats, notamment du pénaliste Siewert ten Boer, qui a obtenu la libération d'Isra El H. L'avocat ten Boer avait une tout autre lecture des événements que le ministère public. D'après lui, El H. avait été profondément choquée par son arrestation en Turquie près de la frontière syrienne. La jeune fille était, selon ses propres déclarations, en mission humanitaire pour aider ses sœurs musulmanes. Elle espérait également pouvoir se rapprocher de Dieu dans le califat. Elle ne recherchait pas la violence. Après six mois dans la petite et toute nouvelle section réservée aux femmes terroristes à la prison de Vught, il n'y avait selon lui aucun risque de récidive. Tout porte à croire cependant que la jeune fille est bel et bien parvenue en Syrie. Dans ce pays en proie au chaos, déchiré par la guerre, les experts craignent qu'elle ne demeure introuvable, alors que les femmes comme El H. représentent un véritable danger pour la sécurité des Pays-Bas. De par leur connaissance des infrastructures de notre pays, la quinzaine de djihadistes néerlandaises probablement présentes aujourd'hui dans le califat représentent même un danger particulièrement aigu.

Sophie remonta vers la photo, les larmes lui piquaient les yeux comme de la fumée, elle zooma et approcha son visage. Te voilà donc, Isra El Hannouri. En personne. Pour la première fois, elle osait la regarder franchement. Elle avait une bouche petite et amère, et quelque chose de tourmenté. Son foulard très serré cachait le haut de son front, donnant à son visage un air taciturne et fermé.

Assise sur son lit, tous ses muscles en tension, Sophie continuait à regarder la photo. Je te hais. Je te hais. Et je te hais aussi, papa. Quel genre de personne es-tu ? Pourquoi préférais-tu être avec cette horrible fille au lieu d'être avec moi ? En plus, tu t'es laissé berner par elle ? Comment as-tu pu être aussi bête ? Tout s'obscurcit dans son esprit. Elle aurait voulu détruire la photo. Devant le regard imbu de son père, elle perdit ce qui lui restait de patience. Elle hurla :

« Va-t'en ! »

Il fallait qu'elle casse quelque chose. Ça tempêtait et ça cognait à l'intérieur. Elle se leva, se planta au milieu de sa chambre, les poings serrés sur ses flancs. Qu'est-ce que je dois faire, papa ? Hein ? Il fallait qu'elle se calme. Mentalement, elle traça par terre une diagonale à travers la pièce. Suis cette ligne, s'intima-t-elle, ne t'en écarte pas et la clarté viendra. Elle baissa la tête et se mit à marcher, à petits pas raides et prudents, sur la ligne imaginaire, d'un coin à l'autre, tremblant de tout son corps. À nouveau sur le point de pleurer, elle compta ses pas. Un, deux, trois, quatre, sans s'arrêter, cinq, six, sept, huit. Un, deux, trois, quatre, cinq. Bon sang, papa, bon sang ! Si les journaux ont raison et qu'elle commet un attentat, ce sera ta faute ! Ta faute ! À présent, tout se pétrifiait en elle et, l'espace d'un instant, elle ne pensa plus à rien. Elle fit un nouvel aller-retour. Puis un autre. Trois fois. Lorsqu'elle atteignit pour la dernière fois l'autre côté de la chambre et toucha l'appui de fenêtre, ses pensées se débloquèrent et elle se donna une réponse. Ce que je dois faire, c'est te trouver, Isra El Hannouri. Je ne sais pas comment, mais je dois te trouver.

Elle inspira en profondeur, puis expira. Maintenant, elle était un peu plus calme. Son diaphragme se décontractait lentement. Elle était saisie par un nouveau sentiment. Le sentiment puissant de savoir au fond d'elle-même ce qu'elle devait faire. Mais comment ? Comment devait-elle s'y prendre ? Elle se rassit sur son lit et réfléchit. Comment pourrait-elle la trouver ? Remonter la trace de quelqu'un qui était dans le califat n'était sûrement pas facile. Déjà en tant que lycéenne à Amsterdam, Isra était presque introuvable, alors en tant que femme de Daech... Elle avait très certainement pris un pseudo, se terrait Dieu sait où.

Sophie se remit à déambuler, les poings enfoncés dans ses flancs, elle sentait la paume de ses mains devenir moite et les muscles de son dos se contracter. Elle regarda dehors. Elle plissa les yeux pour voir si Isra n'était pas là. Quelque part dans le jardin, dans cette obscurité fatale et irrévocable, Isra, la fiancée roublarde du djihad, m'épie derrière un arbre, un sourire de triomphe sur les lèvres. Elle suffoqua, se dit : Peut-être trouverai-je des indices dans le dossier. Elle monta à la mezzanine, ouvrit le coffre, sortit le dossier de sous le tas de vêtements et retourna sur son lit. D'un geste brusque, elle tournait une page après l'autre quand, soudain, elle eut une idée. Son père lui avait dit que les filles n'avaient que très peu de liberté dans le califat. Leurs seules tâches consistaient à s'occuper de leur mari et à attirer en ligne d'autres jeunes vers l'État islamique. Cela signifiait donc qu'elle devait être trouvable. Son père avait aussi parlé des *kunyas*, se souvenait-elle à présent : les noms de guerre que se choisissaient les jeunes qui rejoignaient Daech. De prime abord, ces noms paraissaient mystérieux, mais c'étaient le plus souvent des noms simples, niais. La plupart des jeunes se contentaient d'inventer un nom basé sur leur prénom et le pays d'où ils venaient, comme « Al Hollandi » ou « Al Americani ». Des losers, entendit-elle Zala persifler dans sa tête. Tu as raison, Za, ils sont bêtes. Mais attends, je vais la griller. Je ne sais pas encore comment, mais je vais la piéger.

Je serai Yasmina et je ferai semblant de vouloir partir en Syrie, moi aussi. Si je gagne sa confiance, je finirai par tout savoir d'elle. Et peut-être qu'alors j'appellerai la police, ou le cabinet de papa.

Certains individus un peu plus originaux inventent une *kunya* incorporant un élément de l'histoire islamique. Mais tu es probablement trop idiote pour cela, Isra El Hannouri. Elle commença donc par l'option la plus évidente : Isra Al Hollandi. Elle tapa dans le moteur de recherche. Rien. Elle essaya une deuxième, puis une troisième variante, et à la quatrième, bingo ! Isra Al Hollandya. Sophie avait du mal à le croire, était-ce déjà elle ? Cela pouvait-il être aussi facile ? Était-ce la bonne Isra ?

Sa page Facebook apparut. La respiration de Sophie s'accéléra. La photo de profil montrait un combattant tenant une arme dans une main et dans l'autre la main d'une femme en niqab. Elle ne pouvait pas voir le visage de la femme, mais elle était visiblement petite, aussi petite que l'était l'Isra de son père. En dessous, une photo sépia aux couleurs délavées montrait un espace complètement nu, avec juste une mobylette et, derrière, une arme suspendue verticalement au mur. Il y avait davantage encore. Elle attendit en retenant son souffle que la page se charge, le cœur battant à tout rompre. *Married to : Brahim.* Ça correspondait. Le combattant qu'Isra avait trouvé en ligne s'appelait bien Brahim. Brahim de Belgique. *Al Belgica,* était-il en effet écrit à côté de son nom. Ainsi que : *Brahim Abou Nour.* « Brahim, le père de Nour ». Elle avait lu dans le dossier que, lorsqu'il avait rencontré Isra, il avait déjà une petite fille d'une autre femme. Nour. Tout concordait. Il n'y avait pas de doute. C'était bien elle.

Elle voyait encore autre chose à présent sur le statut d'Isra. *Zawjatu Shaheed, widow of a martyr.* « Veuve de martyr ». Brahim était donc mort en martyr. En dessous se trouvaient ses dates de naissance et de décès selon le calendrier islamique. Il était mort au mois de Dhul-Hijjah en l'an 1437. Cela voulait dire qu'il était mort environ un mois plus tôt. Il y avait encore autre chose écrit sur son profil : *Blessed in Shaa Allah, from Shaam.* Sophie frémit. *Shaam* était l'abréviation de *Belal al-Shaam,* ou *Belal al-Sham,* le « pays du Levant ». Le califat. Elle fit défiler le texte. En dessous, en grandes lettres lumineuses : *Bonjour de l'autre côté du champ de bataille !* La photo d'une vaste étendue de sable inondée d'une lumière dorée, si éblouissante que Sophie plissa instinctivement les paupières.

Elle posa l'ordinateur sur ses genoux. Son cœur s'était arrêté de battre quelques secondes et, maintenant qu'il repartait, il pulsa jusque dans l'os de sa mâchoire. Elle regarda à nouveau. L'image d'une femme en robe noire remplissait l'écran. Une vidéo. Elle appuya sur « play ». Durant douze secondes, elle vit la femme, vêtue de la tête aux pieds d'un niqab noir flottant autour d'elle, décharger un fusil dans le ciel bleu au-dessus d'une plaine de sable aride. *Dont cry if your husband ends up shaheed. Be proud ! He is laughing in Djenna*[1]. Elle savait que *Djenna,* ou *Jannah,* désignait le paradis. *Sister, when your husband is blessed with the shaheed, don't scream and cry. Be happy and thankful. Cause Allah gave him what he wanted*[2]. Le texte se poursuivait par quelques lignes sur le djihad. *Les frères font le djihad fisabilillah. Wallahi par Allah ! Mes sœurs, il y a le djihad, le djihad est obligatoire.*

Sophie eut un sourire de condescendance. La voix de son père résonna à nouveau dans sa tête. « Souvent, ils ne connaissent pas grand-chose à l'islam. Ils font

---

1. « Ne pleure pas si ton mari finit chahid. Sois fière ! Il rit désormais à Djenna. » *(Toutes les notes sont de la traductrice.)*

2. « Ma sœur, lorsque ton mari est béni par le chahid, ne crie pas, ne pleure pas. Sois heureuse et reconnaissante. Parce que Allah lui a donné ce qu'il voulait. »

des copier-coller de ce qu'ils peuvent utiliser. » Elle pensa au mot *djihad*, le « combat », et à ses quatre phases qu'on distinguait traditionnellement. Seule la dernière parlait de violence. Et encore, uniquement pour se défendre contre une attaque de forces ennemies. Le *djihad al-nafs* était le combat contre soi-même, le plus grand et le plus important à mener en tant qu'être humain. Elle revint à la photo d'Isra et la regarda avec un sentiment de triomphe angoissé. J'en sais déjà tellement plus que toi. Tu ne perds rien pour attendre. Elle se pencha à nouveau, approcha son visage de la photo et aspira de l'air dans un sifflement. Viens donc si tu l'oses. Tu te crois plus maligne que tout le monde, mais je t'ai trouvée en moins de temps qu'il n'en faut pour le dire. Je sais qui tu es vraiment. Espèce de menteuse. Sans toi et tes bobards, papa serait encore vivant.

Elle secoua la tête, elle ne savait pas quels mots mettre sur tout ce qui la traversait. Tout s'imposait à elle continuellement. Colère, peur, culpabilité. J'avais dit que je n'écrirais plus que sur la paix. Que je laisserais de côté les djihadistes. J'avais promis. À Zala. Et je ne sais pas vraiment si papa approuverait. Bien sûr, il ne saura plus jamais ce que je fais. Mais quand même. Et la promesse à Zala, ça, c'est sacré. Mais peut-être que ceci est encore plus important, plus important que tout le reste.

Elle vit qu'il était déjà neuf heures et, à dix heures, elle était toujours assise à son bureau dans la même position. Elle ferma et rouvrit son ordinateur, se remit à lire ; tous les posts d'Isra bourdonnaient dans sa tête. « *Its time for action.* » « *Even if they would bring me bricks of gold and silver, I would not go back to the land of kuffar*[1]. » De manière inattendue, on passait à un tout autre genre de posts.

1. « Il est temps d'agir. » « Même s'ils m'apportaient des briques d'or et d'argent, je ne retournerais pas au pays des kuffars. »

Des photos étincelantes de nourriture avec des légendes comme : « *Drinking fresh lemonade in Shaam* », « *Blessed food in Shaam. Enjoying the blessing of Khilafa* », « *Its magical, even fruit tastes different here*[1] *!* ». Et ainsi de suite. Encore une vidéo. Un oiseau vert s'élançant comme une flèche vers le ciel depuis la main ouverte d'une femme voilée. Elle frissonna. Elle savait que les oiseaux verts symbolisaient les âmes des martyrs, qui désormais volaient au paradis.

Sans avoir besoin d'y réfléchir beaucoup, comme si elle s'y préparait depuis des semaines, elle se créa un profil. Yasmina. Elle le remplit de quelques photos et de vidéos trouvées en ligne sur les merveilles du Coran, d'un passage d'une sourate, d'une image de la princesse Disney Jasmine et des caractères arabes de la *chahada*. Ensuite, elle lika, sur le fil d'Isra, une vidéo qui louait la grandeur d'Allah sur fond d'images de guerre montrant des enfants blessés, en larmes, extraits des ruines d'un immeuble effondré. *The violence here is exaggerated by the Western media ! Don't believe it ! The kuffar did worse*[2]. Elle réfléchit un instant, se rappela la lettre d'Isra à sa mère et envoya un message privé. « *Sister, it's so true, dont let them dominate us ! Brothers and sisters are being killed and the kuffar don't give a shit*[3]. » Il n'y avait plus qu'à attendre.

À dix heures et demie, elle entendit la voiture de sa tante, puis, un instant plus tard, la portière qui claquait et ses pas dans le couloir. Elle s'arracha à son écran, se

---

1. « Boire de la limonade fraîche à Shaam. » « Nourriture bénie à Shaam. Profiter des bienfaits du califat. » « C'est magique, même les fruits ont un goût différent ici ! »

2. « La violence ici est exagérée par les médias occidentaux ! Ne les croyez pas ! Les kuffars ont fait pire. »

3. « Ma sœur, c'est tellement vrai, ne les laissons pas nous dominer ! Des frères et des sœurs sont tués et les kuffars n'en ont rien à foutre. »

força à descendre. Ne trouvant pas sa tante tout de suite, elle alla voir dans les différentes pièces. Se lava le visage dans la salle de bains, but un peu d'eau, se retourna et la vit dans l'embrasure de la porte, petite, ramassée et remplissant pourtant tout l'espace, le visage fatigué. Elles parlèrent un peu du concert, firent chauffer de l'eau pour le thé, tandis que le téléphone de Sophie brûlait dans sa poche. De retour dans sa chambre, elle attendit que les bruits de la maison s'éteignent. Onze heures, minuit. Pas de réponse d'Isra. À minuit dix, sa tante alla se coucher. Pendant quelques minutes, de la lumière filtra encore sous sa porte. Sophie attendit. Un quart d'heure plus tard, ce fut le noir complet. Elle pouvait enfin respirer tranquillement. Isra dormait déjà sans doute, mais elle avait besoin de continuer, de tout savoir. Sur la pointe des pieds, elle grimpa dans la mezzanine, sortit la pile de carnets de notes du coffre et se remit à lire. Dans un silence glacé, le visage crispé, elle parcourait le texte, ligne après ligne. Elle pouvait à peine supporter ce qu'elle lisait, mais elle continuait. Trois carnets remplis de conversations avec Isra. Avec « I. » de la « ST ». Chaque rapport était précédé de la date et des heures. 14 novembre, 20 novembre, 26 novembre. De 14 h 30 à 17 heures, de 11 heures à 14 heures. Elle rencontrait beaucoup de termes juridiques. Mais encore plus de commentaires mièvres, qui la faisaient bouillonner. Les points d'exclamations, les passages soulignés, les flèches, les signes dans la marge. *I. ne se sent pas bien. […] I. est pâle. […] L'appel Skype avec sa mère et sa tante n'a pas eu lieu. Brimade des gardiens ? […] I. pleure beaucoup. N'a pas vu sa mère depuis plus d'un mois ! Pas le droit de la serrer dans ses bras. […] Visite toujours derrière une vitre. […] Conflit avec les gardiens. […] A commandé des fruits avec l'argent qui lui restait, a reçu des kiwis pourris. […] Amie Fatima transférée à Rotterdam. Est la seule femme qui reste ! Ne se sent pas en sécurité. […] Cours de couture supprimés. […] Cauchemars sur la fuite de Turquie en fourgonnette. Pourquoi EMDR encore reportée ? [...] Demande de transfert refusée.* Et ainsi de suite. Une liste de choses à faire. *Appeler Ruben, demander traité sur droits de l'H. Lettre directeur ST. Question islamologue. Quid ramadan et iftar à la ST ?* Au début, elle lisait rapidement, ses yeux parcourant les papiers à la vitesse de l'éclair, mais peu à peu, son rythme se ralentit. Une intense tristesse l'envahit. Après avoir tourné la dernière page, elle demeura assise par terre, immobile, un long moment. Le poids sur sa poitrine raidissait les articulations de ses doigts et lui serrait la gorge. Il était trois heures du matin. Je ne veux plus rien savoir. C'est trop. Elle se recroquevilla dans son lit, tira les couvertures sur elle jusqu'au menton et attendit un sommeil qui ne vint pas.

9

SAMEDI MATIN. Une fois de plus, Allah ne lui était pas apparu en rêve. Elle était allongée sur son matelas et fixait le plafond. Sa tante avait déjà appelé trois fois lorsque Sophie sortit enfin du lit et descendit. Elle entra en hésitant dans le séjour. Elle veut discuter, pensa-t-elle, qu'on soit ensemble, je vais devoir parler.

Lucienne s'assit sur sa chaise habituelle, tournant au passage le bouton de la chaîne stéréo. Radio 4. Une musique d'opéra emplit instantanément la pièce sombre, et une voix annonça d'un ton grave qu'il était dix heures. Sophie rapprocha sa chaise, accrocha de nouveau ses pieds derrière les barreaux, sa poitrine touchant presque le bord de la table, se servit des œufs brouillés et se mit à manger. Elle vit que tatie Lulu aussi était fatiguée. Sophie mâcha un instant en silence, le regard posé sur les mains de sa tante qu'elle tenait à plat de part et d'autre de son assiette. Puis celles-ci s'enroulèrent autour de sa tasse de café. Sa tante jeta un regard interrogateur à Sophie et sourit. Mais ce sourire cachait autre chose.

Dehors, le vent soufflait dans les châtaigniers, dont les feuilles mouillées fouettaient les fenêtres.

« Tu vas bien, ma chérie ?

— Oui, très bien. »

Sophie se versa rapidement du thé et repensa à ce qu'elle avait lu cette nuit. Il y avait tellement de mots en elle, bien plus qu'elle ne pouvait en gérer.

« Quelque chose ne va pas ?

— Non, rien.

— Je vois bien qu'il y a quelque chose.

— Non, tout va bien.

— Je ne te crois pas. Allez, parle-moi. »

Sophie déglutit et sentit sa langue s'alourdir dans sa bouche. En vain, elle essaya d'éviter les yeux de sa tante, qui plissait le front comme si elle regardait le soleil de face.

« Tu n'es quand même pas encore occupée avec ces trucs d'islam ? »

Sophie voulait garder tout cela pour elle, mais d'un autre côté, elle ne désirait rien tant que parler de ce qu'elle avait appris. En même temps, elle avait cet étrange sentiment qu'il s'agissait d'une sorte de test à passer.

« Tu as de légères poches sous les yeux, tu dors bien ?

— Ça va mieux, oui, répondit-elle en se redressant sur sa chaise. C'est juste qu'en fait je n'arrête pas de penser à cette chanson en arabe. La chanson que papa chantait quand, euh… »

Elle baissa la tête, sentit les larmes monter.

Sa tante buvait son café à petites gorgées. Levant les yeux, elle sursauta et saisit la main de Sophie par-dessus la table.

« Oh, moineau, moineau. Tu fais toujours la grande, mais pleure un bon coup, ma fille. N'oublie pas, moineau, dit-elle en la regardant avec douceur, ça n'en vaut pas la peine.

— Qu'est-ce qui n'en vaut pas la peine ? »

Sophie se tamponna les yeux avec sa serviette.

« Travailler comme tu le fais pour ton devoir, et t'occuper de cette Afghane, tu n'es pas obligée de faire tout ça, tu sais ? Tu dois uniquement prendre soin de toi, c'est tout. »

Tenant toujours Sophie d'une main, sa tante saisit de l'autre un croissant dans la corbeille à pain.

Sophie retira brusquement son bras.

« Qui a dit que je faisais ça ? Et qu'est-ce que Zala vient faire là-dedans ? Tu ne la connais pas, elle n'a pas du tout besoin d'aide, tu sais !

— Désolée, ce n'est pas ce que je voulais dire. »

Elles continuèrent de manger, mais sa tante grignotait désormais du bout des dents, piquant à la fourchette de petits morceaux de jambon sur le plateau. Dans le silence qui suivit, une tristesse sourde s'empara de Sophie, et elle sut qu'elle ne s'en libérerait pas avant quelque temps.

Tatie Lulu ne la quittait pas des yeux.

« Écoute-moi, dit-elle alors. Tu sais, ton père avait ses bizarreries. »

Elle montra sa propre tête du bout de son couteau.

« Il a été le premier avocat à travailler avec ces jeunes djihadistes, au moment où la télé ne parlait plus que de Daech. Soudain, il est devenu célèbre dans le milieu. Cette notoriété subite a eu un prix. Il a perdu en discernement. Ce n'est pas ta faute, ça n'a jamais été ta faute ! Je te l'ai déjà dit, tu n'as pas oublié, j'espère ? »

Elle se leva, s'approcha de Sophie qui pleurait malgré elle et l'attira contre sa poitrine, le menton calé contre son épaule. Elle lui remit la frange sur le côté et Sophie n'eut d'autre choix que de se laisser faire. Lorsque sa tante la relâcha, celle-ci lui caressa encore une fois le visage du dos de la main.

« Regarde-moi. Tu n'oublieras pas ?

— Non.

— Sûre ?

— Sûre.

— C'est bien. »

Alors sa tante se rassit, mit ses lunettes et cligna fort des yeux.

Sophie se sentait épuisée. Lentement, elle remuait son thé. Le liquide sombre à la surface ridée tournait entre les bords de sa tasse et reflétait son visage de manière étrange, tordue. Une immense fatigue l'avait envahie et elle ne voulait plus penser à rien. Elle bâilla et s'apprêta à se lever de table.

« Je vais me recoucher un peu, je suis crevée. »

Derrière sa tasse de café, sa tante était songeuse.

« Va dormir, ma petite chérie… »

Lorsque Sophie se réveilla, l'après-midi était bien avancé, il faisait encore clair, mais le soleil avait déjà accompli sa course au-dessus d'une bonne partie du jardin et disparaîtrait derrière le hangar une heure ou deux plus tard. Zala n'était toujours pas en ligne. Sophie fixa un long moment l'écran de son téléphone, attendant que quelque chose se passe. Enfin, une notification apparut, un attentat dans une école en Irak.

10

À DEUX HEURES DU MATIN, ne dormant toujours pas, Sophie décida de se remettre à son devoir. Doucement, pour ne pas réveiller sa tante, elle se glissa hors du lit et, un instant plus tard, elle était à son bureau, dans la veste de survêtement de son père. Elle se frotta le visage à deux mains et regarda fixement par la fenêtre. Dans le ciel, seules quelques minuscules étoiles brillaient d'une lueur très faible et lointaine ; leur éclat froid et indistinct donnait un aspect lugubre aux arbres de plus en plus dénudés.

Sophie contempla un moment le texte sur l'écran de son ordinateur, mais elle n'arrivait pas à se concentrer. Elle ouvrit Facebook. Toujours pas de réponse d'Isra. Elle observa à nouveau sa photo de profil, puis retourna sur le site des convertis. J'ai besoin de lire de jolies choses sur l'islam, se dit-elle, et elle se mit à chercher une belle histoire parmi les témoignages de conversion. Mais elle les connaissait déjà toutes. Elle se leva, alla à la salle de bains pour boire un peu et se retrouva devant le miroir. Elle approcha son visage de son reflet. Qui essaies-tu de leurrer ? Tu ne lui parleras jamais. Tu crois vraiment que c'est si facile ? Tu crois vraiment que quelqu'un qui vit dans le califat peut te répondre aussi vite ? Si ça se trouve, il n'y a même pas d'électricité là-bas... Oublie. Laisse tomber. Va dormir.

Elle se recoucha, mais fut bientôt réveillée en sursaut par un bip de son téléphone. En un instant, elle fut à la fenêtre. C'était Isra.

« *Salaam alaikum, sister* », lut-elle.

Elle s'agrippa à l'appui de fenêtre. C'était vraiment elle.

« *I see you liked my video. It's going viral now, crazy*[1] *!* »

Les mains tremblantes, Sophie retourna vers le lit. Ça avait marché. Un instant, elle s'étonna encore de la facilité avec laquelle tout se déroulait, puis se rappela les paroles de son père. Une fois là-bas, les jeunes étaient totalement sous l'emprise de Daech et devaient mener une propagande active en ligne et faire des adeptes, sous peine d'être punis.

Je ne dois pas perdre de temps. Elle prit le livre sur l'islam de sa table de chevet, ouvrit le tiroir et attrapa aussi son cahier d'arabe. Elle alla s'asseoir sur l'appui de fenêtre, le téléphone incliné de sorte que la lumière tombe sur la bonne page, et tapa sa réponse.

« *Wa aleikum as Salaam.* »

Elle hésita un instant, effaça, vérifia rapidement l'orthographe d'*aleikum*, constata que c'était bien juste et continua à taper.

« *Wa aleikum as Salaam, hahaha, great !* »

Puis elle appuya sur « envoyer ». Un nouveau message arriva immédiatement.

« *Where u from ?*

— *Je viens des Pays-Bas.* »

Elle se dirigea vers le bureau et prit aussi le cahier contenant les notes pour le travail de fin d'année. Tout en elle tremblait. Elle éloigna un peu le téléphone afin de créer une distance entre Isra et elle-même. Ce n'est pas moi qui fais ça, pensa-t-elle. C'est Yasmina. Je suis Yasmina. Soudain, une pensée ridicule. Je dois mettre un foulard,

1. « Je vois que tu as liké ma vidéo. Elle est devenue virale, c'est fou ! »

je dois donner l'impression de porter le hijab. Elle avait vu sur la photo combien le foulard d'Isra était serré, elle devait éprouver la même sensation. Elle posa le téléphone, prit un élastique, lissa à deux mains ses cheveux vers l'arrière et les attacha si fermement qu'elle sentit ses racines tirer.

« *LOL, moi aussi*, affichait le message suivant d'Isra. *Moi aussi je viens des Pays-Bas.* »

Sophie repensa à la lettre d'Isra à sa mère. Aux boucles de son écriture presque enfantine. Elle semblait toute joyeuse à présent, mais devant son père, elle s'était évidemment présentée autrement. Elle avait joué les pauvres petites malheureuses. À nouveau, Sophie sentit sa colère déchirer le silence. Attends voir. Je vais te mettre le grappin dessus. Je ne sais pas encore comment, mais je vais te mettre le grappin dessus. Si papa avait su que tu retournerais là-bas, jamais il ne t'aurait défendue. Dans sa tête retentissaient les sonorités du *nachid* préféré de son père. Tu l'as roulé. Tu l'as épuisé. Et ce fut alors comme s'il était là, dans un coin de la chambre, en train de la regarder. Regarde, papa, regarde ce que je fais. Elle pouvait déjà presque ressentir sa fierté. Tu as été trop crédule. Mais je vais prendre ta revanche. Regarde-moi, papa, regarde ce que j'ose faire.

« *LOL*, tapa Sophie. *Je m'appelle Yasmina, ta un beau profil.* »

Elle secoua la tête. « Ta ». Ce n'était pas son genre de faire des fautes pareilles, mais c'était ainsi que les filles écrivaient sur le site des convertis. Même quand elles avaient grandi aux Pays-Bas avec des parents néerlandais. Comme si c'était la règle. Elle appuya sur « envoyer ».

« *Salut Yasmina, Allah te bénisse.*

— *Salut, Allah te bénisse aussi.* »

Le jeu lui demandait de moins en moins d'effort. Elle se sentait encore un peu maladroite, encore trop « Sophie ». Nerveuse, elle manquait tout le temps de faire tomber son téléphone, oubliait d'ajouter *bismillah*. Zala aussi était encore trop dans sa tête, elle entendait résonner dans le noir son claquement de langue réprobateur. Za, je sais que je ne devrais pas faire ça, tu détestes ces gens. Mais je la déteste aussi, je veux lui tendre un piège. Comprends-moi, s'il te plaît ! Elle se força à chasser ces pensées.

Une fois de plus, elle retourna à la photo d'Isra, désirant la revoir, et la regarda avec une attention grave et anxieuse, des picotements dans les doigts. L'instant d'après, les mots jaillirent d'elle, comme s'ils avaient longtemps attendu ce moment.

« *Tu es hollandaise ?* demanda Isra.

— *Oui.*

— *Et tu es devenue musulmane ?*

— *Oui !* (Smiley.) *Alhamdulillah !*

— *Bravo, je suis fière de toi !* »

Sophie redressa le dos et envoya une émoticône représentant deux mains jointes en prière. Les picotements se propagèrent du bout de ses doigts jusqu'à ses bras, sa poitrine et son cou. C'était vraiment en train de se produire.

« *Allah te bénisse. Et qu'Il bénisse ton voyage.* »

Elle envoya un cœur puis, étourdie par l'afflux d'émotions, posa la tête sur ses genoux. D'un coup, elle se redressa, réalisant ce qu'Isra avait écrit. Mon voyage ? Quel voyage ? Elle ne parle quand même pas de la Syrie ? Elle n'essaie pas déjà de m'attirer ? La pression est donc si forte pour convaincre des femmes néerlandaises de rejoindre le califat ? Sophie se sentit soudain pleine d'audace.

« *Tes vraiment à Shaam ?* » tapa-t-elle, mais elle effaça aussitôt.

C'était trop rapide. Elle réfléchit un instant. D'abord une banalité.

« *Tu vas bien ?* écrivit-elle.

— Oui... Ouiii ! »

Elle répondit par un nouveau smiley. Puis eut une autre idée.

« *Tu peux m'aider, bismillah ?*

— Bien sûr.

— Merci !

— Comment je peux t'aider ?

— Je veux savoir comment vivre en bonne musulmane, inch'Allah. Je veux être la meilleure. Je veux apprendre à faire tout comme il faut. Tu peux peut-être m'aider... »

Oui, pensa-t-elle, la meilleure, je veux être la meilleure. Isra était déjà en train d'écrire. Mordillant doucement sa lèvre, Sophie attendait la suite. Elle n'osait soudain plus bouger, pétrifiée de panique. Ce n'est pas le moment de dire un truc de travers, ne gâche pas tout.

« *Oui, bien sûr ! Voici un bon site... Tu vas voir, y a plein d'articles ! Sur la communauté de l'oumma, etc.* » Un pouce levé.

Sophie envoya également un pouce levé, même si la réponse la décevait. Elle aurait pu trouver ça toute seule. Comment poursuivre à présent ? Silence. Allez, viens, pria-t-elle intérieurement, son regard suppliant fixé sur l'écran figé.

Mais Isra n'écrivait plus. Plus rien ne bougeait et c'était comme si le temps lui-même s'était arrêté et que Sophie n'attendait pas Isra, mais tout autre chose, comme si elle attendait la rédemption. Quelque chose bloquait tout. C'est ridicule, pensa-t-elle, tout est ridicule. Le fait que papa soit mort comme ça, que je sois en train de chatter avec son ex-cliente, comme si de rien n'était, c'est complètement dingue tout ce que je suis en train de faire, c'est pas possible.

Alors qu'elle scrutait l'écran de son téléphone, elle s'aperçut que les larmes coulaient de ses yeux, elle les essuya rapidement avec sa manche et se rappela à l'ordre. Elle devait ramener Isra dans la conversation. Il ne fallait pas qu'elle s'en aille. Une occasion pareille ne se présente pas deux fois, pensa-t-elle. La connexion Internet était mauvaise là-bas, Isra pouvait disparaître à tout instant et qui sait quand elle reviendrait en ligne.

Soudain, Sophie eut une idée et fit défiler les posts précédents d'Isra. De la nourriture. Des photos de nourriture. Bien sûr. Voilà. Des plateaux avec du fromage, du raisin, d'épaisses tranches d'un pain pâle et friable. Une photo d'une assiette remplie de brownies et de cookies aux pépites de chocolat, accompagnée d'un post : *Making brownies with honey. You have to be creative in Shaam*[1].

Sous la photo, elle tapa :

« *Miam, sa l'air bon.*

— *Hahaha.* »

Ouf, elle était de retour. Elle était en train d'écrire. Sophie allongea ses jambes devant elle et, soudain, osa demander :

« *Tu habites vraiment à Shaam ?* »

Elle l'avait tapé à toute allure, le plus vite qu'elle pouvait, comme un coup de feu, et l'écho de la détonation résonnait dans sa tête.

« *Oui.*

— *Waouh.* »

Elle envoya à présent des émoticônes cœurs. Un cœur, puis un autre, toute une pluie de petits cœurs. Elle se rapprocha, frémissante. Comme si tout se passait malgré elle. Respirant à peine, elle fixait les caractères arabes de la *chahada* sur le profil d'Isra, les chiffres du calendrier islamique joints au statut de martyr de son mari Brahim. Son sang s'accéléra. Les vagues déferlaient et l'entraînaient avec une force inimaginable. Tout cela était aussi miraculeux qu'incroyable. Soudain, la beauté qu'elle avait perçue

1. « Faire des brownies avec du miel. Il faut être créatif à Shaam. »

dans le califat lui revint en pleine figure, elle sursauta, surprise, et vit la photo d'Isra différemment. Un petit trait de lumière tremblante provenant de l'extérieur illuminait ses yeux, maintenant très proches. Elle avait mal vu. Il en émanait bien quelque chose, les yeux d'Isra la dévisageaient à présent, on aurait dit qu'ils étincelaient à travers une fente. Brusquement, Sophie détourna le regard, comme si elle s'était brûlée. L'instant d'après, son père se tenait dans le coin de la chambre, secouant la tête, Zala à côté de lui avec une expression amère. Que fais-tu, Sophie ? De nouveau, un bip. Des frissons lui parcoururent l'échine lorsqu'elle lut :

« *Tu y penses aussi ? Taking a holiday ?* »

Elle connaissait l'expression. « Prendre des vacances » signifiait se rendre dans le califat.

« *Je sais pas encore, peut-être bien,* répondit-elle, choquée par sa propre réponse.

— *Tu as fait la chahada. C'est courageux. Tu es une belle âme, une âme pure !*

— *Merci.* »

Sophie envoya à nouveau l'icône des mains en prière et se remit à taper, avant de s'arrêter, prise d'angoisse. Que devait-elle dire à présent ? Ça prenait un tour si réel. Elle se ressaisit, tapa, s'arrêta, recommença, s'arrêta encore. Suis-je en train de casser quelque chose ? se demanda-t-elle soudain.

Mais elle secoua la tête, posa un doigt sur ses lèvres et baissa le visage, non, au contraire, elle faisait ça pour lui, pour arrêter Isra, défendre l'islam, c'était bien, il ne fallait pas qu'elle hésite maintenant. Elle devait persévérer. Elle appuya donc sur « envoyer » et cessa toute résistance. Elle envoya un smiley rougissant, puis encore un « merci » et ajouta :

« *J'y pense en tout cas, taking a holiday.* »

Isra répondit par un cœur.

« Tu portes le hijab ?

— Pas à l'école. C'est trop compliqué. Mais je l'ai toujours avec moi. Je me change dès que je peux. »

Pouce en l'air.

« Parle-moi un peu de toi. Qu'est-ce qui t'a mise sur le chemin d'Allah ?

— Une bonne amie à moi est musulmane, je vois que la paix est dans son cœur.

— Elle sait que tu veux venir à al-Shaam ?

— Non. Je ne suis pas encore sûre à cent pour cent.

— Tu sais, si tu es convertie, tu dois te préparer pour ta hijra ! (Clin d'œil.)

— C'est vrai. Mais c'est pas dangereux là-bas ??

— Non, c'est super beau. Amazing ! Y a tout ! Masha' Allah, you have to believe it, its paradise. La vérité : le monde parfait existe. Pas de pauvreté, c'est l'égalité ici, tu peux avoir tout ce que tu veux, tu dois juste supporter un peu plus de struggle. Mais ici, ta tête est vide, tu as la paix, tu as le temps de penser à Allah, de l'adorer, d'acquérir des connaissances, de savourer l'affection entre sœurs. C'est vraiment top. »

Sophie renifla. Elle ne devait pas perdre de vue à qui elle parlait, que c'étaient des boniments.

« Ta pas peur ?

— Tu en es capable. Je t'aiderai. Puis tu sais, c'est un péché de rester là-bas, quand il y a un khilafah…

— C'était pas flippant ?

— La vérité : la meilleure chose que j'ai faite de toute ma vie, c'est de traverser cette frontière. Je ne l'oublierai jamais. Gros rush d'adrénaline. (Smiley avec les yeux en cœur.)

— Et c'est pas dur, une fois là-bas ?

— Yep, parfois. Pour le maquillage, c'est pas super, LOL. Non, sérieux : le plus dur, c'est de vivre sans ma mère.

— Ta des contacts avec elle ?

— Non. Trop dangereux. » (Smiley qui pleure.)

Sophie s'apprêtait à poser une autre question lorsque Isra envoya :

« Désolée, je dois y aller ! Je te recontacte plus tard !

— OK, à bientôt !

— La paix soit avec toi, Yasmina.

— Avec toi aussi. »

Sophie continua un bon moment de fixer l'écran noir, le silence sifflait autour d'elle.

11

DANS LA PÉNOMBRE de l'après-midi, elle effectuait en métro le trajet habituel vers le sud de la ville. Elle avait son manuel d'islam ouvert sur les genoux, mais n'était pas en état de comprendre ce qu'elle lisait. Dans ses oreilles résonnait le puissant thème d'ouverture des *Préludes* de Franz Liszt, la musique qu'elle écoutait quand quelque chose de grave était sur le point de se produire. Elle appuya son front contre la vitre. De l'autre côté du carreau tombait une pluie morose. Son visage se crispa lorsqu'elle se remémora la nuit précédente. Tout lui paraissait si lointain, si incompréhensible et, en même temps, c'était comme si les choses n'auraient pas pu se dérouler autrement. Elle aurait eu besoin que quelqu'un lui explique le sens de tout cela. Elle se souvenait de chaque mot, chaque signe, chaque photo dans les moindres détails, mais elle ne saisissait pas. Qui était Isra ? Bien sûr, sa sympathie, son enthousiasme, rien de tout cela ne reflétait vraiment qui elle était. C'était une recruteuse, pour reprendre le mot de son père : elle recrutait pour Daech. Mais envers lui non plus elle n'avait pas été sincère. Alors, qui était-elle ? Qui était-elle vraiment ? Et en quoi ça la regardait, elle, Sophie ? Elle n'avait plus du tout envie d'y réfléchir, mais elle prit tout de même son téléphone et ouvrit Facebook. Un post datant de quelques jours. *Candle light dinner with the sisters, coz the electricity went, its all part of the struggle.* Des smileys. *We are here to dominate you, just like you dominated us*[1] *!*

Pendant un moment, Sophie fixa la tache de lumière tremblotante de son écran. Isra ne s'était pas encore connectée aujourd'hui et Sophie scrutait intensément son compte comme si elle pouvait l'appeler par la force du regard. Elle avait honte, mais elle aurait aimé discuter plus longuement avec elle, même si, d'un autre côté, elle voulait se débarrasser d'elle au plus vite. Je ne dois plus donner de nouvelles, se résolut-elle. Je dois attendre d'être revenue de chez Zala. Mais elle n'avait pas plus tôt décidé cela qu'elle envoyait un nouveau message sur le chat :

« Bonjour Shaam. Allahamdulillah. »

Le métro avait déjà disparu de son champ de vision et elle marchait rapidement sur les trottoirs mouillés, la tête enfoncée dans ses épaules. Au grand carrefour derrière l'immeuble de Zala, les voitures glissaient lentement à la queue leu leu sur l'asphalte noir luisant de pluie.

Elle arriva trempée chez son amie, retira son manteau et son jean, les mit sur le radiateur, enfila un pantalon de jogging de Zala ; dans la salle de bains, elle se sécha les cheveux et le visage avec une serviette et, un instant plus tard, elles étaient à nouveau assises l'une en face de l'autre. La carafe de thé, les nuances de rouge entremêlées comme un cocon autour d'elles. Le tout si familier. Et pourtant, cette fois, rien n'était plus pareil. Elle n'osait pas demander à Zala où elle était passée ces derniers jours. Et jamais elle ne pourrait lui parler d'Isra.

---

1. « Dîner aux chandelles avec les sœurs, parce qu'il n'y a plus d'électricité, ça fait partie du combat. Nous sommes là pour vous dominer, comme vous nous avez dominés ! »

Elles regardèrent le tout nouveau clip de Jamal Mubarez et Khalil Yousefi, pour voir Kaboul, dit Zala, mais aucune des deux ne bougea ni ne dit un mot devant l'écran. Elles parlèrent un peu du travail de fin d'année mais, sans qu'elles se soient mises d'accord explicitement, Sophie savait qu'elles n'y reviendraient plus aujourd'hui. Peut-être même plus jamais. Les choses semblaient se précipiter vers un point encore inconnu. Tout cela ne pouvait quand même pas être vide de sens ? Il y avait forcément une signification ; d'ailleurs, sur le site des convertis, il était écrit que Dieu avait une intention pour chacun. Peut-être était-ce encore trop tôt pour comprendre ce qui se passait, mais que ce moment viendrait.

Elle regarda à nouveau la photo sur le mur et n'eut plus envie de repousser la question qui lui brûlait les lèvres. Quelque chose en elle disait : C'est maintenant ou jamais. Elle espérait ne pas devoir prendre l'initiative, que Zala lui révélerait spontanément de qui il s'agissait. Et à sa grande surprise, ce fut le cas.

« Mon père », marmonna Zala entre ses dents, comme étonnée d'avoir parlé, surprise de ces mots qui s'étaient échappés de sa bouche.

Quelque chose dans sa façon de le dire laissa une marque incandescente dans l'esprit de Sophie. Elle baissa les yeux et entendit à nouveau la voix étouffée de Zala.

« Attends… »

Zala se releva, se tourna vers le mur, sembla hésiter, puis enleva la punaise d'un geste tendre et précautionneux, regarda un instant la photo sans rien dire, puis la tendit à Sophie.

Je ne dois pas avoir peur, lui souffla une voix intérieure, et elle porta son regard sur l'homme qui se tenait sous un soleil ardent dans un paysage lointain et inconnu. Si près désormais. Elle l'examina avec grande attention. La photo était surexposée, le papier un peu usé et froissé.

Une fois de plus, pourtant, quelque chose l'aspirait irrésistiblement. Les nuances de couleurs, comme diluées, un tableau impressionniste. La tache blanche, ronde, qui cachait partiellement le haut des épaules était une tache de lumière, voyait-elle à présent. Juste au-dessus, il y avait un emblème qu'elle n'avait pas remarqué jusque-là. Bleu, en forme de losange, avec un bord rouge et une épée au premier plan. Je chercherai plus tard ce que c'est, pensa-t-elle, et en même temps, elle se demanda si elle voulait vraiment le savoir. Elle continuait de fixer son visage. Des traits si fins et des yeux d'où semblait jaillir de la lumière. Zala ne bronchait pas.

Sophie se tourna vers elle et sentit la question monter comme un cri intérieur :

« Il est mort ? »

Sa voix demeura en suspens. Ses yeux repassèrent sur l'emblème, elle vit les crêtes bleues au loin, et il lui apparut soudain que, quelle que soit la réponse, elle ne connaîtrait jamais vraiment Zala. Qu'est-ce que je sais vraiment de toi ? Qu'est-ce que je sais des gens en général ? Je ne me connais pas moi-même, je ne connaissais pas papa.

« Il est encore dans votre pays ? demanda cette voix bizarre qui était pourtant la sienne et sortait de sa gorge.

— On ne sait pas. »

Zala avait presque murmuré, comme si elle rendait les armes.

Sophie sourit et baissa aussitôt le regard au sol, gênée, prise en faute. Un instant plus tard, les yeux de l'homme étaient à nouveau plantés dans les siens, la cherchaient, mais avec un regard différent. Une lueur de moquerie y brillait et, une fois de plus, elle ne pouvait s'en détacher.

« Il était beau », dit Zala. Elle riait presque.

« Très beau. »

Elles le regardèrent longuement.

« Intelligent aussi, dit alors Zala. Il a étudié dans les années quatre-vingt-dix à l'université de Kaboul. Médecine. Tu veux voir d'autres photos ? »

Le souvenir d'Isra fusa dans l'esprit de Sophie. Machinalement, elle saisit son téléphone posé à côté d'elle ; toujours pas de message. Attirer Isra dans un piège devait être sa priorité. Malgré sa curiosité à l'égard du père de Zala, elle pensa soudain : Non, je ne veux pas savoir. Pas maintenant. C'est trop.

« Oui, bien sûr », répondit-elle, mais elle pensa : Non, je ne veux pas voir de photos. Je ne veux pas savoir qui il était. C'était peut-être un coupable, comme Isra. L'idée de devoir rester là encore longtemps en sachant cela, d'en apprendre même de plus en plus, l'oppressait soudain de manière telle qu'elle ne pouvait plus prononcer un mot. Je dois partir, se dit-elle, mais elle restait clouée au sol.

Zala se leva pour aller chercher son téléphone près des nattes empilées et revint s'accroupir à côté d'elle. Avec des gestes rapides, elle se mit à faire défiler sa galerie de photos. Elle était si près que Sophie l'entendait respirer. C'étaient toutes des photos de lui, jeune. « Sa remise de diplôme. » « Ici, il avait reçu un prix. » « Une parade militaire. » « Ici, il donnait une conférence. » Zala parlait d'une voix retenue, les photos étaient très différentes de celle du mur. Elles baignaient dans une lumière qui jetait sur tout un éclat de beurre doré.

Le soleil brillait toujours et Sophie pouvait à présent bien voir son visage. Un visage allongé, une grande bouche avec des dents droites, très blanches, exactement comme celles de Zala. Elle ne pouvait pas éviter la question plus longtemps :

« Que s'est-il passé ?

— Al-Qaida », chuchota Zala.

On aurait dit qu'elle voulait ajouter quelque chose, mais rien ne vint et son regard se perdit derrière Sophie.

« Il serait devenu le meilleur chirurgien de Kaboul. Après la guerre. Après les raids. »

Elle bafouilla et se tut à nouveau.

Sophie eut chaud et froid en même temps. Que voulait-elle dire ? Avait-il combattu pour Al-Qaida, ou avait-il été blessé ou tué par eux ? Pris en otage ? Où était-il maintenant ? *Dont cry if your husband ends up shaheed. Be proud ! He is laughing in Djenna.* Les phrases vrombissaient dans tout son corps, sa tête débordait de mots aux sonorités râpeuses, de façon presque insupportable. Elle ne voulait pas y penser, ni à Al-Qaida, ni aux talibans, ni à al-Shaam, et son regard s'évada par la fenêtre. Là, les nuages glissaient rapidement, assombrissant le ciel. Dans le silence, la pluie semblait s'abattre sur le monde avec une force inouïe. Sophie essaya d'ordonner ses pensées, mais elle n'avait aucune prise sur elles. Elle cherchait des mots de réconfort, pour elle-même, pour Zala, quelque chose qui les aiderait. Mais tout ce qui lui venait à l'esprit, c'étaient des dictons arabes rebattus, qu'elle connaissait des djihadistes de son père ou du site des convertis. Elle pensa à la nuit passée. Yasmina. *Taking a holiday.* Son sang en ébullition. La nausée l'assaillit.

Zala était silencieuse, plongée dans ses propres pensées, enfoncée dans son coussin, les yeux dans le vague. Elle tournait et retournait son pendentif entre ses doigts.

Le téléphone de Sophie se mit à vibrer à côté d'elle. Isra. Elle rejeta la notification, mit son téléphone dans sa poche et, parmi celles qui se déchaînaient dans sa tête, une pensée se détacha. Je m'en vais. Je dois parler à Isra. C'est le plus important pour l'instant. Je vais dire que je dois aider ma tante ou que j'ai oublié que j'avais un concert.

Comme si Zala pouvait lire dans ses pensées, elle demanda soudain :

« Tu pars déjà ? »

Sa voix n'avait toujours pas retrouvé son timbre habituel.

« Non, non, répondit Sophie sans la moindre force, et elle se ressaisit. Bien sûr que non. »

Elle ne pouvait pas déjà partir, pas comme ça, pas si vite. Elle repensa au père de Zala, à son propre père. Aux récitations, à la *chahada*. Dans son imagination résonnèrent au loin les appels du muezzin, qu'elle aurait dû entendre en vrai lors de ses prochaines vacances avec lui au Maroc. Le muezzin qui les aurait réveillés chaque matin. Le premier appel à la prière se serait élevé de bonne heure au-dessus des toits de Marrakech, en même temps que le soleil, tous deux étirant sur la ville leurs notes et leurs rayons. Elle se concentra sur les premiers mots qu'elle était capable d'imiter. *Allahou akbar, Allahou akbar, Allahou akbar, Allahou akbar, ach-hadou an la ilaha illa Allah...* Une autre pensée chassa la précédente.

« Za ?

— Oui ?

— Qui va au paradis, en fait ?

— Hein ? Comment ça ?

— Ben... est-ce qu'on va au paradis seulement si on a fait de bonnes actions ? Ou aussi quand on veut faire le bien, mais que les choses ne se passent pas comme on veut ? Est-ce qu'on va quand même au paradis alors ? »

Zala haussa les épaules, ne dit rien, mais la regarda d'un air tendu.

Sophie retint son souffle. Au bout d'un moment, Zala dit d'une voix étrange, oppressée :

« Tu ne dois pas penser à ça.

— À quoi ?

— Au paradis...

— Pourquoi pas ? »

Elle ne comprenait rien à cet après-midi. Ça partait dans tous les sens. Et voilà une nouvelle chose qu'elle ne comprenait pas et ne voulait pas savoir non plus.

« Mon père », fit Zala, si bas qu'elle aurait pu tout aussi bien ne rien dire. C'était à son tour de détourner le regard maintenant.

« Quoi ? »

Zala avait les mains l'une sur l'autre et regardait ses cuisses. Les nuages avaient cédé la place à un brouillard de plus en plus dense, il faisait désormais presque noir dans la chambre.

Sophie se força à boire une gorgée de thé, puis ne toucha plus à sa tasse encore pleine.

« Je ne sais pas s'il y est. »

N'aie pas peur, pensa Sophie qui restait silencieuse. On ne doit plus rien se dire. L'envie de partir devenait insupportable. Je dois dire que je m'en vais maintenant. Je rentre à la maison. Je ne veux pas savoir. Elle se frotta plusieurs fois vigoureusement le visage, dégagea les cheveux de son front. Dans sa poche, son téléphone vibra de nouveau. Isra, pensa-t-elle, Isra qui va peut-être mourir en martyre. Devenir une *chahida*. Atteindre le plus haut degré de *Jannah*, le paradis, le *Firdaws*, sous la forme d'un oiseau vert. Isra déchargeant un fusil dans un vaste ciel bleu uniforme, préparant des brownies au pays sacré du Levant. Et papa alors ? Papa ? Où est-il ? Au *Firdaws* ? Non, bien sûr que non. Sophie renifla. Le paradis n'existait pas, elle le savait bien. Et s'il existait, il n'était pas pour les gens qui laissaient s'échapper des terroristes. Et le père de Zala, où était-il ? Dans le silence, son téléphone recommença à vrombir. Elle l'ignora et regarda la photo, le père de Zala, qui devait être quelque part, mais qui était aussi ici, figé dans le temps, et gardait son regard fixé sur elle.

C'est alors qu'elle entendit Zala :

« Personne ne sait ce qu'on doit faire maintenant. »

Elle vit que les yeux de Zala étaient différents de d'habitude. Autour de ses iris sombres, c'était rose et humide.

« C'est tellement différent de ce qu'ils croient, dit-elle. Il est… »

Mais elle n'acheva pas sa phrase, se tut. Puis reprit, d'une voix encore plus basse :

« J'ai peur.

— Peur de quoi ?

— Peur de… »

Elle se tut à nouveau, puis dit, si bas que Sophie douta d'avoir bien entendu :

« J'ai peur des hommes qui vont juger. Qui ne comprennent pas. Qui n'écoutent pas. Qui veulent vraiment nous expulser. Mais pourquoi ? Mon père n'avait rien à voir avec les talibans. Avant, il était avec les communistes, et lui aussi, il aurait préféré que certaines choses n'arrivent pas, mais ils ne comprennent pas. »

Sophie acquiesça, même si ce dont Zala parlait lui échappait, et, ne sachant que répondre, elle se contenta de dire « oui » et laissa à nouveau le silence s'installer. Je ne peux pas t'aider, pensa-t-elle, paniquée, je ne peux pas t'écouter, je dois partir. Je suis vraiment désolée. Elle s'apprêta à se lever et demanda :

« Quelle heure est-il ? Je vais devoir partir. Mon téléphone est à plat. Tu veux bien regarder quelle heure il est ?

— Mais tu as encore tout le temps.

— Tu veux bien regarder, s'il te plaît ? »

Non, je n'ai pas le temps. Il faut que je parte. Je ne peux pas rester ici. Je ne peux pas. C'est trop. Plus tard, quand Isra aura été arrêtée et punie, dit-elle à Zala dans sa tête, tu pourras tout me raconter. Mais pas maintenant. Maintenant, je dois partir. Mais je reviendrai. Je reviendrai toujours vers toi.

Zala se leva et regarda son téléphone.

« Quatre heures et demie, dit-elle, tandis que Sophie se retournait.

— Alors je dois rentrer chez moi.

— Chez toi ?

— Oui, sinon j'arriverai trop tard, j'ai encore plein de choses à faire. Pour les contrôles et tout ça.

— Hein ? Mais tu as toutes les vacances, non ?

— Je dois quand même rentrer. »

Zala se plaça devant elle, ouvrit les mains, les paumes tournées vers le plafond.

« Allez, reste. Prends encore un peu de thé.

— Non, je suis déjà en retard. »

Sophie chaussa ses baskets. Tandis qu'elle boutonnait son manteau, rassemblait ses livres et les glissait dans son sac à dos, Zala restait les bras ballants, interdite. Les larmes se bousculaient au seuil des paupières de Sophie, il ne fallait pas qu'elle regarde son amie. Dans sa tête, elle continuait de lui parler : Je reviendrai la semaine prochaine. Tout sera différent. Vous serez revenus d'Allemagne. Moi je saurai où se trouve Isra. La police sera au courant. Et alors je viendrai. Mais elle n'y croyait pas elle-même. Il se passait quelque chose, quelque chose de bien plus grand, et tout prenait la mauvaise direction. Elle regarda la chaînette de Zala, légèrement de travers à son cou, le pendentif coincé dans la petite cavité sous sa clavicule droite. Sophie avait la gorge serrée et les mots s'accumulaient dans sa tête. Tu reviendras, n'est-ce pas ? voulut-elle demander à Zala. Mais une fois de plus, elle ne dit rien, remonta la fermeture éclair de son manteau jusqu'au menton, mit sa capuche, son écharpe, fit le plus de tours possible autour de son cou, cacha son visage.

« Pourquoi tu pars, Sophie *djan* ?

— Je dois rentrer à la maison, je viens de te le dire, non ?

— Mais pourquoi ?

— Je dois y aller, c'est tout. On se voit la semaine prochaine. Merci pour le thé. »

Ça, elle ne l'avait jamais dit.

« Reste encore un peu…

— Non. »

Tu es gentille, voulut-elle dire. Tu es la meilleure chose qui me soit arrivée dans ma vie. S'il te plaît, ne disparais pas. Les mots gisaient comme une pelletée de terre sèche dans sa gorge. Elle avança son pied droit, descendit la marche, s'immobilisa un instant, se retourna une dernière fois, et au moment où elle allait s'enfuir, Zala l'appela.

« Sophie ? Sophie *djan* ?

— Oui ? »

Sophie la regarda. Zala parut soudain si petite dans l'embrasure éclairée de la porte.

« Rien, dit Zala. Rien, bonnes vacances. »

III

12

SOPHIE SE RÉVEILLA en sursaut et se redressa d'un coup dans son lit. Avait-elle entendu des bruits ? Non, rien. Seulement le murmure lointain et irrégulier de la circulation. Il y avait pourtant quelque chose. Elle leva le regard au plafond et cela lui revint : Zala était partie en Allemagne. Trois jours qu'elle n'était plus là. Trois jours qu'elle ne s'était pas connectée. Sophie allongea le bras et saisit son téléphone sur la table de chevet, les chiffres verts affichaient *06:03*. Elle se laissa à nouveau rouler vers le milieu du matelas, les yeux fixés sur l'écran. Inspira, expira. L'heure passa à six heures quatre. Six heures cinq. J'attends jusqu'à neuf. À neuf, je pourrai me lever. À six heures sept, elle se glissa hors du lit, marcha jusqu'à la fenêtre et écarta les rideaux un peu plus qu'ils ne l'étaient déjà. Depuis le rebord de fenêtre, elle scruta l'averse dense, violente. Le rêve ne viendrait plus. C'était certain. Il ne viendrait plus jamais. La pluie tombe d'un ciel que je ne connaîtrai jamais, pensa-t-elle. Un ciel d'où Dieu aurait dû venir à moi par la fente entre les rideaux. Elle renifla. Tout cela n'était qu'un stupide conte de fées, une fable puérile, dans laquelle Dieu faisait un trou dans la nuit pour inonder la chambre d'une lumière vive. En passant par l'appui de fenêtre où elle était assise. Son ordinateur portable dans les mains, elle fixait l'obscurité du cosmos. Autour d'elle, la peur, le silence.

Au-dessus, dans la mezzanine, le coffre au couvercle lourd et récalcitrant, contenant les vêtements islamiques. Dans sa tête résonnaient les cris nocturnes des soldats, tandis que l'odeur de poudre de leurs uniformes s'insinuait dans ses narines.

Rien ne bougeait sur l'écran de son ordinateur. Elle déplaça le curseur et la page Facebook d'Isra apparut. Il y avait un nouveau texte en haut, avec une photo de femme non identifiable, en tenue noire et bruissante. *Give my mommy my love. Give her the last of the happiness what I have left in me*[1]. Un smiley qui pleure. Droite comme un *i*, Isra se tenait dans une ruelle ombreuse, le visage caché par la burqa, seuls ses yeux à découvert, dirigés vers l'objectif. La photo heurta Sophie de plein fouet. Elle voulut envoyer un message à Isra, mais aussitôt songea au visage de Zala, à son regard, à la promesse qu'elle lui avait faite. Elle s'effondra, se recroquevilla dans son lit, la peur palpitant dans son sang, et éteignit la lumière. Ses vêtements sur la chaise prirent des contours effrayants, multiformes, devinrent tout à coup des soldats qui se dressaient, frappaient le sol de leurs bottes, agitaient leur sabre par-dessus l'épaule, s'apprêtant à décapiter un infidèle en hurlant « *Allahou akbar* ». Elle gémit et se détourna de la scène.

Elle se força à relire tous les posts d'Isra. Les histoires en lettres capitales sur les injustices infligées aux musulmans dans le monde entier. En Bosnie, en Afghanistan, en Palestine. *You think the West cares about us ? HAHAHA, you are a joke, by Allah*[2]. Les miracles qui se produisaient dans le califat.

---

1. « Donnez mon amour à ma maman. Donnez-lui ce qu'il reste de bonheur en moi. »
2. « Vous croyez que l'Occident se soucie de nous ? HAHAHA, vous blaguez, par Allah. »

Son estomac se contracta.

« Ne crois pas que tu vas t'en sortir comme ça, murmura-t-elle. Je découvrirai où tu te caches. Et ce que tu mijotes. Tu ne veux pas le dire, mais je finirai bien par le savoir. Attends voir. Je suis beaucoup plus maligne que toi. »

Elle éprouvait une colère immense et avait l'impression que tout était la faute d'Isra, y compris le fait qu'elle n'arrivait pas à joindre Zala.

Elle se mit à écrire.

« La paix soit avec toi, Isra, sister. »

Elle réfléchit un instant, se mordilla l'intérieur de la joue, tapota de l'index sur son genou. Tap, tap, tap.

« Je voulais te dire que j'ai trouvé un moyen, incha'Allah. Que je pourrai bientôt partir en holiday. »

Elle contempla ses propres mots. Les relut et attendit. Maintenant, je dois être patiente. La page d'Isra semblait statique. Elle la fixa un bon moment, se mettant presque toute seule en état d'hypnose.

Soudain, Isra apparut.

« La paix soit avec toi, Yasmina. Bismillah, great news ! »

Sa réponse était moins enthousiaste que Sophie ne l'aurait cru. Mais c'était déjà ça. Maintenant, Isra allait sûrement révéler tout ce qui était important, elle pouvait compter sur sa naïveté. Il s'agissait seulement d'employer les mots justes. Sophie se remit à taper :

« Mais pour être franche, j'ai besoin de me marier.

— Avec un combattant ?

— Oui. J'aimerais bien me marier avec un frère à Shaam. Tu peux sûrement m'aider ?

— C'est pas difficile.

— Comment faire ?

— Je peux demander pour toi.

— Vraiment ?

— Je vais t'aider. Y a beaucoup de frères ici qui veulent se marier. (Smiley.)

— *OK !* (Smiley.)

— *Tu as du scrilla ?* »

Elle savait ce que c'était : de l'argent.

« *J'ai besoin de combien ?*

— *Je ne sais pas exactement, je dois demander. Plus ou moins 1 000, je crois.*

— *J'espère que c'est pas plus.*

— *Je peux peut-être arranger ça. Si tu voyages avec une autre sœur des Pays-Bas, ce sera moins cher. Je connais quelqu'un.*

— *Inch'Allah.*

— *Alhamdulillah.* »

Sophie riait intérieurement. Elle devait la jouer encore plus fine à présent. Pour découvrir où Isra se terrait. Elle tapa :

« *Ta des photos de combattants de ta région ? Avec qui je peux me marier ?* (Smiley.)

— *Haha. Oui, mais pas ici dans mon téléphone, faut juste un peu de patience.* (Smiley.)

— *OK. Et je vais où alors ?*

— *Tu veux dire quoi ?*

— *À Shaam, où je vais à Shaam ? Je te rejoins, non ? Tes où ?*

— *À la frontière turque, de l'autre côté.*

— *Où exactement ?*

— *Je peux pas le dire.*

— *Mais je voulais te demander : tu pourrais regarder pour un frère près de chez toi ?* (Smiley qui rougit.)

— *Ce serait bien d'avoir plus de sœurs des Pays-Bas. La vie te teste pas mal ici. Le plus dur, c'est de vivre sans la famille, sans ta mère.* »

Il y eut un silence. Puis Isra se remit à taper.

« *C'est parfois un struggle. Je prie Allah pour qu'Il me donne du sabr.* » De nouveau un smiley qui pleure.

Sabr signifiait patience, ténacité, Sophie connaissait. Elle se leva et se retourna, comme si quelque chose était sur ses talons, juste dans son dos. Elle tapa :

« Je prie pour toi.

— Merci. J'espère que tu viendras ici aussi, avec nous. (Des cœurs.)

— Moi aussi. Mais où alors ? (Smiley.)

— J'ai pas le droit de le dire, en fait. Je dois être prudente.

— Pas de souci. »

De nouveau un silence, puis Isra tapa :

« Je suis tout près d'Idlib.

— C'est super beau là-bas !

— Oui. Je dois y aller. Tu seras encore en ligne plus tard ?

— Oui, à + !

— À + ! »

Sophie se laissa tomber sur son lit, satisfaite. Il ne fallait pas lâcher, maintenant. Dans quelques heures, Isra serait de nouveau en ligne, elle lui soutirerait quelques déclarations sur le djihad. Elle ne savait toujours pas ce qu'elle pouvait faire au juste, mais si elle appelait le cabinet de son père, ils lui diraient sûrement. Elle se leva, se dirigea vers le miroir et regarda son visage. Soudain, elle voulut se voir en musulmane. « Change-toi, s'intima-t-elle à voix basse, change-toi, mets le niqab, le beau, le rose à paillettes, et regarde-toi. Regarde comment tu es. Peut-être qu'il n'est pas trop tard. » Un instant, le sang quitta sa tête. Puis elle grimpa dans la mezzanine. En haut du petit escalier, ça ressemblait à une cellule de moine, il régnait un silence de mort. Le calme dans la maison montait et stagnait là, semblait-il. C'était encore plus silencieux ici qu'en bas.

En vitesse, elle sortit les vêtements du coffre et, de retour dans sa chambre, mit ses écouteurs. La neuvième de Mozart. Elle se déshabilla tandis que la musique grave déferlait dans ses oreilles. Enfila debout devant le miroir le niqab rose, choisit un foulard assorti et, avec des gestes lents et solennels, enroula le tissu autour de son visage. L'attacha avec des épingles à cheveux. Elle fit des allers-retours dans la chambre, retenant son souffle. Spontanément, elle se remit à murmurer les premiers mots de la *chahada*. *« Ach-hadou an la ilaha illa Allah, wa ach-hadou ana Mohammed rassoul Allah. »*

Soudain, elle s'arrêta. Tu n'as pas le droit de dire ça à voix haute. Pas si tu n'es pas encore musulmane. Elle pinça les lèvres et, dans sa bouche fermée, avança le bout de sa langue entre ses incisives et mordit doucement dessus jusqu'à être traversée de petits éclairs de douleur. Un moment, elle resta immobile au milieu de la pièce. Puis elle pivota lentement sur la pointe des pieds pour voir son reflet dans la vitrine de son père. Dans la partie supérieure, elle ne voyait qu'une image floue d'elle-même. Dans les vitres inférieures, son reflet était découpé en petites cases par des lattes de bois. Des barreaux. Chaque petit carré avait un éclat différent. Elle demeura un moment debout, oscillant tout doucement d'avant en arrière sur ses pieds. Encore quelques heures et on serait lundi matin. Dès que je sais tout, j'appelle le bureau de papa.

13

QUAND LE SOLEIL fut levé, tout sentiment de victoire s'était éteint en elle. Isra n'avait plus donné de nouvelles et Sophie fixait le profil silencieux de Zala sur WhatsApp. Elle ne cessait de se tourmenter quant à ce qu'elle devait faire. Envoyer d'autres messages à Zala n'avait pas de sens. Téléphoner serait bizarre. Mais pourquoi pas, au fond, elle n'était pas obligée de lui parler. Si Zala décrochait, elle n'avait qu'à dire qu'elle avait fait une fausse manip. Elle voulait juste savoir si Zala allait bien. Rien de plus. Elle appela donc. Puis encore une fois. Et encore une fois. Elle tombait chaque fois sur la tonalité occupée.

Mâchonnant le bout de son bic, elle se demanda à nouveau ce qu'elle devait faire avec Isra. Tout lui semblait différent par rapport à cette nuit. À quoi tout ça la menait-il ? La police ou les services secrets ne pourraient jamais arrêter Isra comme ça, elle était bien trop loin, dans un pays en guerre. Et pourquoi surtout croiraient-ils une lycéenne ? Qu'est-ce qu'elle cherchait, en fait ? Toutes ces pensées ravivaient son agitation. Elle rentrait et sortait de sa chambre, errait dans la maison sans trouver de solution à tous ces problèmes. C'est une question de vie ou de mort, ne cessait-elle de se répéter. Qui sera frappé ? Et où est Zala ? Est-elle encore joignable ou bien son numéro n'existe plus ? Où sont-ils partis ?

Sont-ils vraiment en Allemagne ? Ont-ils fui ? Qui dit qu'ils n'ont pas été arrêtés, à cause du père, et qu'ils ne sont pas enfermés quelque part dans une cellule ? Elle reprit son téléphone, ouvrit WhatsApp et alla sur le compte de Zala. Toujours ce même silence de mort. Elle rappela, laissa sonner jusqu'au bout, pas de communication.

Devait-elle se rendre jusque chez elle ? Sophie serra les poings et regarda désespérément autour d'elle, comme si la réponse se cachait dans un coin de sa chambre. À part la pluie qui battait sourdement et de plus en plus vite contre la fenêtre et les ombres hautes des arbres qui se balançaient dehors, il n'y avait rien. Elle contempla d'un regard vitreux les voitures qui fusaient au loin ; en contrebas, le jardin était désert. Le vent gémissait.

Soudain, les images de la guerre remontèrent. Elle vit des villes détruites et des soldats trébuchant. Des explosions, un avion touché par des tirs, s'écrasant, la queue en flammes, au-dessus du désert. Elle pensa aux paroles de son père à propos des enfants du califat. Ils se retrouvaient mêlés à une guerre avec laquelle ils n'avaient rien à voir. Ils mouraient là-bas ou revenaient traumatisés à vie. Un sentiment terrible s'empara d'elle. Le sentiment de devoir agir, maintenant, tout de suite. Le sentiment que, aussi irréel que ça paraisse, tout reposait sur ses épaules à présent. Qu'elle devait non seulement préserver le monde d'une attaque terroriste, mais aussi retrouver Zala, et même aider Isra, d'une façon ou d'une autre. La sortir de là. C'est ce que son père aurait voulu, elle en avait tout à coup l'intime conviction. Peut-être Sophie était-elle la seule à pouvoir encore la sauver. Mais comment ?

Elle se rendit à la salle de bains, passa ses bras sous le robinet et laissa l'eau couler sur ses poignets. Le sang dans ses veines piquait et la démangeait. C'était à devenir folle. Je dois me calmer, réfléchir, se dit-elle. Debout devant le miroir, elle se massa les tempes, se frappa les joues pour y ramener le sang. Une autre pensée s'imposa à son esprit : Je vais attendre que tu sois en ligne, Isra, alors je t'appellerai, j'essaierai de découvrir tes intentions et je te ferai changer d'avis. Je te déciderai à revenir. Était-ce encore possible ? Peut-être bien. Elle retourna dans sa chambre. À voir les cimes des arbres, le vent soufflait plus fort. Il faisait noir dans le jardin, à l'exception de la fenêtre des voisins, un carré jaune dans le néant. D'un coup sec, elle referma les rideaux, fit demi-tour et regagna la salle de bains. Rouvrit le robinet et mit à présent son front sous le jet d'eau. En vain. Elle essuya son visage avec sa manche. Devant le miroir, elle repoussa sa frange mouillée sous son foulard. Elle contempla son visage, qui lui parut soudain ridicule, arracha le foulard, le jeta par terre et l'envoya valser d'un coup de pied.

De retour dans sa chambre, elle se laissa tomber sur le lit, les doigts appuyés sur ses paupières closes. Est-ce que je m'y suis mal prise, aurais-je quand même dû suivre ce cours ? Est-ce que j'aurais pu ? Me convertir comme ça ? Peut-être, et ainsi obtenir le salut. Mais c'est trop tard, il fallait le faire quand Zala était encore là. Maintenant, tout est différent. Quand elle reviendra, je ne sais pas si je pourrai encore. Sophie repensa à ce qu'Isra avait dit à sa mère. « J'ai fait des blagues sur Dieu. » Était-elle dans le même cas, avait-elle fait des blagues, elle aussi, s'était-elle moquée de Dieu ? En prétendant s'appeler Yasmina, par exemple ? S'était-elle moquée de Zala par la même occasion ? De son père ? Elle se ratatina. Isra s'était sentie si coupable qu'elle était partie au pays du Levant et avait embrassé la lutte sainte pour purifier son âme.

Mais où Sophie pouvait-elle aller ? Comment devait-elle se purifier ? Pouvait-elle se racheter auprès d'un Dieu qu'elle attendait, mais dont elle ne savait même pas s'Il existait ? Quelque chose d'incontrôlable en elle se mit à nouveau en colère. Parce qu'à nouveau, d'une autre manière à présent, elle avait l'impression que c'était elle qui devait tout racheter, comme si tout était sa faute.

Elle prit son manuel d'islam, le feuilleta, chercha un texte, quelques lignes qui la réconfortent, mais tout était confus à présent, elle ne comprenait pas ce qui était écrit et referma rageusement le livre. Deux secondes plus tard, elle le rouvrit au hasard et se mit à lire. *Ce sont eux qui disent : « Ne dépensez point pour ceux qui sont auprès du Messager d'Allah, afin qu'ils s'éloignent du Prophète. C'est à Allah qu'appartiennent les trésors des cieux et de la terre, mais les hypocrites ne le comprennent pas. »*

Une nouvelle fois, elle n'avait pas la moindre idée de ce que cela signifiait, mais elle pleura, laissant échapper d'étranges sanglots étouffés. Pardon, répétait-elle intérieurement. Pardon, Za, pardon, papa. Pardon pour tout.

« Za, j'arrive, murmura-t-elle alors à l'obscurité qui l'entourait. J'ai besoin de savoir si tu es vraiment partie. »

14

ELLE AVAIT PRÉPARÉ ses affaires, son sac à dos était prêt, mais à nouveau le doute la saisit. Devait-elle vraiment aller là-bas ? Elle regarda dehors. De l'autre côté de la vitre, un ciel plombé, impénétrable. Pourtant, une nouvelle journée avait commencé, et en Syrie le soleil brillait sûrement. Tournant le dos au miroir, elle se rhabilla normalement et décida de ne plus avoir peur.

En bas, sa tante était avec son violon sous la lampe, les traits de son visage nettement dessinés par la lumière au-dessus de sa tête. Sophie invoqua un prétexte pour s'éclipser, mit sa capuche et commença à marcher fébrilement. L'éclairage de la station de métro brillait déjà. Dans les salons, elle apercevait le scintillement nerveux de lampes qu'on allumait ou éteignait, des ombres chinoises. Je ne suis pas seule. La gorge serrée, elle pensa à la chaînette de Zala qui ne cessait de balancer doucement à son cou tandis qu'elle chantait sur la musique et parlait avec enthousiasme de La Mecque, et à sa façon de prendre le pendentif en bouche lorsqu'elle réfléchissait.

Il était presque huit heures lorsqu'elle arriva à l'arrêt. Les lèvres pincées, elle contempla le parking venteux où les gens se hâtaient sous la bruine vers un bus ou leur voiture. Elle attendait toute seule le métro qui la conduirait de l'autre côté du fleuve. Elle laissa passer le premier, le deuxième aussi, décida-t-elle soudain, les cuisses transies de froid. Je prendrai le troisième, comme si on le lui intimait. Juste avant que lui aussi ne parte, elle monta à bord.

La rame quitta la bouche du tunnel, traversa un territoire familier, mais tout semblait différent. Le port apparut, avec ses hangars délabrés parmi des grues encore au repos, le cou brisé, tristement incliné vers le sol. Elle approcha son visage si près de la vitre qu'un cercle de buée se forma, s'élargissant à chaque respiration et la faisant lentement disparaître. Sa silhouette dans la fenêtre ne fut bientôt plus qu'une tache floue. Elle regarda autour d'elle, comme pour vérifier qu'elle existait encore. Il y avait une poignée de personnes éparpillées dans le compartiment. Des visages inexpressifs, comme des maisons inhabitées. Personne ne la voyait.

Son cœur oppressé dans sa cage thoracique. Tout est ta faute. Tu aurais pu être assise ici en niqab et foulard. En convertie, en musulmane, intégrée dans une communauté. Mais tu as été lâche. Peut-être n'es-tu simplement pas digne d'être acceptée, que Dieu ne veut pas de toi. Elle renifla. Dans son esprit, elle se revit quelques instants plus tôt, lorsqu'elle avait quitté la maison, et imagina comment les choses auraient pu se passer autrement.

Tendue, elle se tenait près de la porte, en jean, veste de jogging et baskets. Dans son sac à dos, son niqab roulé, son hijab, des épingles à nourrice. Comme si elle s'apprêtait vraiment à faire la *chahada*. Mais il fallait d'abord qu'il se passe quelque chose, qu'elle dise un truc important à sa tante. Parce que c'était le jour où tout allait changer.

Comme d'ordinaire, sa tante était assise à table parmi ses violons et avait levé les yeux d'un air absent, ses lunettes de lecture calées dans les cheveux, la main sur le menton.

« Je vais chercher des livres pour mon travail, avait dit Sophie. À la grande bibliothèque en ville. Je veux y être à l'ouverture.

— Si tôt ? »

Sa chaise avait grincé lorsqu'elle s'était penchée un peu en avant, mais elle n'avait pas réagi davantage. Elle s'était contentée d'acquiescer et de répéter, comme d'habitude, que Sophie ne devait pas trop travailler, qu'elle devait emporter de quoi déjeuner, qu'il y avait encore du riz dans le réfrigérateur.

« D'accord, avait dit Sophie. J'y vais. »

Mais elle était restée plantée sur ses jambes, comme clouée au sol, sans parvenir à partir. Comme si c'était vraiment la dernière fois qu'elle se trouvait là avant sa conversion. Elle s'était donc attardée et avait regardé tatie Lulu avec espoir. Autant elle désirait en temps normal que cette dernière la laisse tranquille, autant elle brûlait à présent du désir qu'elle sache tout d'elle, qu'elle puisse lire en elle. Qu'elle l'écoute vraiment pour une fois, sans avoir peur de ce qu'elle allait entendre. Qu'elle se fâche, au besoin. Qu'elle veuille l'arrêter.

Comment cela se serait-il passé si elle avait mis son niqab, le tissu lourd autour de son corps, son foulard, juste posé sur ses cheveux coiffés en arrière ? Sophie imagina la scène : Lulu la regardant avec consternation, puis se ruant vers elle, les narines dilatées.

« Sophie, ne sois pas ridicule, enlève-moi tout de suite ces habits musulmans !

— Pourquoi ?

— Ce n'est pas toi, ça, arrête !

— Si, c'est moi. C'est moi, ça !

— Arrête ton cinéma. S'il te plaît. Tu ne sortiras pas comme ça dans la rue.

— Je fais ce que je veux, je vais à la mosquée.

— Alors tu te changeras là-bas, mais tu ne prends pas le métro accoutrée de cette façon. Tu vas trop loin, ton père non plus n'aurait pas voulu.

— Laisse papa en dehors de ça ! » aurait-elle crié, et elle serait sortie en claquant la porte.

Mais cela ne s'était pas passé ainsi.

« J'y vais alors », avait-elle dit tout bas, mais toujours sans bouger.

Elle n'était partie que lorsque sa tante avait relevé la tête et lui avait dit en souriant :

« Au revoir, ma chérie. Tu feras attention ? À ce soir.

— Je ferai attention. »

15

ELLE DESCENDIT à son arrêt habituel et prit immédiatement la direction de chez Zala. Il n'était encore que huit heures et demie. Elle marchait à pas rapides et réguliers dans les rues détrempées par la pluie. Une grêle hésitante se mit à tomber, les billes de glace transparentes se brisaient sous ses baskets. Le froid humide montait du sol et s'infiltrait dans son corps par la semelle de ses chaussures.

Elle traversa la rue commerçante ; là, peu après le virage, au-dessus de la boucherie, se trouvait l'appartement de Zala. Elle ralentit, s'arrêta sous la pluie glacée qui tombait dans ses cheveux, sur son visage, dans le col de son manteau, et scruta les fenêtres à l'étage. À peine quelques jours plus tôt, elle était là, appuyée contre les coussins, moins de deux semaines auparavant, elle réfléchissait avec Zala à leur travail, si près d'elle qu'elle aurait pu voir palpiter la plus petite veine de son cou. Elles avaient tellement ri, et Sophie avait cru qu'elles se comprenaient. Qu'elle se rapprochait de quelque chose. C'était il y a une éternité. Comme si elle avait tout inventé.

Rien n'indiquait que la famille ne reviendrait pas, les rideaux de fortune étaient encore là. Son regard se posa sur la vitrine du boucher halal au rez-de-chaussée, avec son enseigne aux caractères arabes qu'elle avait trouvés si beaux jadis, lorsqu'elle était venue ici pour la première fois. Désormais, ce n'étaient rien que des lettres étranges et dépourvues de sens dans des lieux déprimants.

Elle se hâta de passer le porche d'entrée. Grimpa les marches, le cœur battant de plus en plus vite, comme si elle était en fuite. Elle frappa à la porte, que l'un des petits frères avait dû laisser ouverte, et attendit. Appela. Tout demeurait silencieux. Zala, pensa-t-elle, désespérée, *harf e dil,* je t'appelle du fond du cœur. Elle se tenait sur le seuil et remonta son col avant d'y aller. Poussa la porte et la referma derrière elle, marcha dans le couloir, où régnait un silence inquiétant, sans cris d'enfants, sans voix qui se disputent, sans bribes de radio. Les poings serrés, elle resta un moment immobile, écoutant le néant, puis continua. À la troisième porte, celle du salon, elle frappa, comme elle avait vu Zala le faire à l'occasion, et entra. La pièce jeta sur elle un voile de chaleur, mélangé à l'odeur âcre de renfermé et de nourriture avariée. Ici aussi régnait un silence de mort. La lampe au plafond était restée allumée, et la faible lumière éclairait le canapé abandonné, un sachet de graines de tournesol entamé sur le siège.

Dans son imagination, l'oncle de Zala était assis bien droit sur un coussin, le dos appuyé contre le mur. Un plaid sur les genoux, près du radiateur, à l'endroit exact où il se tenait la dernière fois, il égrenait entre ses doigts un chapelet, tout en levant sur elle ses petits yeux noirs, pas le moins du monde surpris par son irruption. Elle vit les lignes creusant les contours de sa bouche, son menton, ses joues, la même expression sérieuse et triste sur son visage que précédemment.

Elle plissa les yeux, regarda plus loin dans la pièce. Il faisait sombre, les voiles qui servaient de rideaux aux fenêtres étaient tirés, hormis une mince fente, et juste au-dessus du tapis et des coussins dansaient de minuscules grains de poussière, dans le halo de la lampe qui éclairait le sol selon la trajectoire imperturbablement droite de son abat-jour. Sophie demeurait immobile, saisie par la chaleur étouffante qui régnait dans la pièce. Le chauffage avait été poussé au maximum et personne ne l'avait baissé. Ils devaient être partis dans la précipitation. Le sang lui monta aux tempes et se mit à battre dans ses oreilles. Zala, martelait-il, Zala chérie.

Elle fit un pas de plus dans la pièce, sentit ses chevilles trembler de manière presque imperceptible. Là, sur l'un des coussins, leur travail de fin d'année dépassait d'un cahier. Elle le reconnut ; elles avaient pratiqué l'arabe ensemble sur ses pages. Elle essaya de lire le titre à l'envers sur la couverture, mais c'étaient des lettres et une langue qu'elle ne connaissait pas. Du dari ou du pachto. Elle voulait s'enfuir, mais l'ouvrit quand même. À part une copie imprimée de leur travail, il y avait une feuille volante, dont seules quelques lignes étaient remplies de l'écriture serrée de Zala. On aurait dit qu'elle avait retranscrit une *doua*. Le début de la supplication en arabe, le reste dans sa propre langue. Sophie reconnut les premiers mots et les chercha rapidement sur son téléphone. *Ô Allah, je me réfugie auprès de Toi contre l'affliction et la tristesse, contre la lâcheté. Je me réfugie auprès de Toi contre le poids de la faute et la domination des hommes.*

Un muscle de son œil droit tressaillit. Le visage impassible, elle referma le cahier. L'instant d'après, tout se tut en elle. Elle vit devant elle Zala assise en train d'écrire cette *doua*, la lèvre supérieure retroussée par la concentration. Personne ne sait ce qu'on doit faire maintenant. J'ai peur.

Je n'aurais pas dû partir l'autre jour. Tout se serait passé différemment. Je sais que c'est absurde, que je n'aurais pas pu empêcher ça. Mais tout de même, j'aurais dû mieux l'écouter. Quand elle a voulu me parler de son père. Et des hommes qui voulaient les renvoyer chez eux. Si j'avais mieux écouté, tout n'aurait-il pas pu être différent ? Y aurait-il eu au moins une chose, même infime, qui se serait passée autrement ?

« Je ne sais pas, murmura-t-elle dans le silence, je n'en ai aucune idée. »

Car qu'est-ce qui était encore vrai dans ce monde ?

Elle sortit la feuille volante du cahier, la glissa sous son pull et poursuivit dans le couloir jusqu'à la chambre de Zala. Elle poussa la porte et vit par terre les nattes et, dessus, les couvertures pliées. Au mur, une tache blanche à l'endroit où était accrochée la photo du père. Elle la contempla et, soudain, vit Zala allongée là, de dos. Aussitôt, elle se coucha à côté d'elle, dos à dos, le visage vers la porte. Zala se réveilla d'un coup et se retourna.

« Eh ! Qu'est-ce qu'il y a ? Sophie *djan* ? Qu'est-ce qui se passe ? Tu es toute froide ! »

Elle se redressa, saisit Sophie par les épaules et l'attira vers elle, l'entoura de ses bras et lui murmura :

« Qu'est-ce qu'il y a ? Où étais-tu ? »

Sophie secoua la tête, la pluie tambourinait dans la gouttière, elle pensa à son téléphone qui était toujours éteint.

« Tout part en vrille, Za, il va y avoir un attentat, murmura-t-elle, un grave attentat, tout le monde va mourir. »

Elle s'aperçut une fois de plus que Zala ne l'entendait pas, et des sanglots jaillirent dans sa gorge.

« S'il te plaît, Za, où es-tu ? Maintenant, c'est moi qui ne sais pas ce que je dois faire. »

Elle appuya sa bouche contre son poignet pour absorber les soubresauts de son corps.

16

SANS BUT, elle courait dans les rues, le sifflement de ses poumons et le bruit de ses pas résonnant à ses oreilles. Elle fonça dans la rue commerçante et déboucha sur le marché où, désespérée, elle tourna dans le square adjacent et traversa les terrains de sport. La terre humide collait à ses baskets, et, à chaque inspiration, elle sentait la feuille de Zala se presser contre elle et entendait les mots s'élever dans sa tête : *Ô Allah, je me réfugie auprès de Toi contre l'affliction et la tristesse. Je me réfugie auprès de Toi contre le poids de la faute…* La faute, pensa Sophie, celle d'être en vie et de ne savoir garder personne près de moi.

Elle s'approcha de la mosquée et ralentit, envisagea une fraction de seconde de faire demi-tour et de retourner au métro, mais se rendit compte qu'elle n'avait pas envie de quitter déjà le quartier. Elle s'enfonça dans le square. Au loin, le cuivre étincelant du dôme de la grande mosquée se détachait contre le ciel. Plus près, à la lisière du parc, se trouvait la mosquée de quartier d'où montaient des voix, ça grouillait de monde, bien plus que d'habitude. Bien sûr, se souvint-elle tout à coup, c'est la Fête du sacrifice ! Comment avait-elle pu l'oublier ? Celle qu'on appelait l'Aïd el-Kebir, coïncidant avec la fin du *hajj*, le pèlerinage à La Mecque, la « grande fête » par opposition à la « petite fête » de l'Aïd al-Fitr, qui marquait la rupture du jeûne.

Tout le monde s'habillait bien et se réunissait pour prier et manger. Si les choses s'étaient passées d'une autre façon, pensa-t-elle tristement, j'aurais peut-être pu célébrer ce jour chez Zala.

Elle garda les yeux au sol en longeant la foule, mais, juste avant que la mosquée disparaisse de sa vue, elle se retourna. Il n'était pas possible de distinguer des visages, pourtant elle eut brièvement l'impression d'avoir un contact visuel avec tout le monde, chacune des personnes qui se trouvaient là, au même moment. Toutes la regardèrent d'un air interrogateur – Qui es-tu ? Que fais-tu ici ? – avant de détourner la tête de concert.

Elle s'engagea dans la rue suivante, et là aussi, soudain, il y avait foule. Des hommes et des femmes de tous les âges, aux djellabas mouvantes, bruissant autour de leurs corps, aux hijabs froufroutants, certains ornés de paillettes scintillant dans la lumière des lampadaires. Leurs voix claires emplissaient l'air. Des enfants couraient dans les jambes des adultes qui allaient et venaient, les bras chargés de plateaux de nourriture, certains avec des parapluies ouverts oscillant au-dessus de leur tête. Des filles de son âge, le visage brun ou blanc sous leur hijab, en jean ou en robe, baskets aux pieds. Peut-être y avait-il parmi elles des converties, fières d'appartenir à la communauté, les sonorités de la *chahada* encore collées aux lèvres, suaves et légères comme du sucre glace.

« *Aïd Moubarak*, murmura-t-elle dans le silence. Bonne Fête du sacrifice. »

Elle s'arrêta à son banc habituel, sortit son téléphone, mais le laissa en mode vibreur. Immédiatement, les messages affluèrent ; elle détourna les yeux et remit l'appareil dans sa poche. À nouveau une vibration. Puis une autre. Sa main gauche serra son téléphone dans sa poche et la droite s'agrippa aux cordons de sa capuche. Elle demeura immobile encore un moment. Puis ressortit son téléphone. Une vague de messages d'Isra envahit l'écran. Sur son compte Facebook, il y avait un nouveau texte : *Death comes unexpectedly, are you ready for it*[1] ?

« Tu as tout lu ? »

« Vérifie tes messages, c'est l'enfer ! Appelle-moi si tu veux. »

« Tissssaaaa, c'est horrible. Je me suis fait vraiment m3asseb aujourd'hui, je t'ai même pas encore dit. »

« J'ai hâte de te parler. »

« Dis-moi où tu es ! »

« Appelle-moi. »

« Helllloooooo Where are u ? Tu vis encore ? »

« Sorry, salaam alaiku, Yasmina, sister, tu es là ? »

« Sub7anAllah... C'est fini, Yas, appelle-moi. »

« Je dois te parler. Je savais que ça arriverait. »

« Quand est-ce que tu te connectes ??? »

1. « La mort arrive à l'improviste, es-tu prête ? »

17

ELLE NE POUVAIT PAS faire autrement désormais que d'entrer dans la mosquée. Derrière une épicerie de nuit, elle essaya de nouer son hijab, légèrement penchée en avant pour ne pas être vue. Elle vérifia rapidement son reflet dans la vitrine, puis retourna, les genoux tremblants, se mêler à la foule qui s'engouffrait à l'intérieur par l'entrée des femmes et suivait un couloir jusqu'à la salle. Au tout dernier moment, elle n'osa pas y pénétrer avec les autres et se réfugia dans les toilettes. Dans le miroir, elle vit combien elle était pâle et chercha un appui contre le lavabo. La porte s'ouvrit et deux filles voilées entrèrent en bavardant. Sophie se cacha dans un cabinet, ferma la porte avec précaution et se laissa glisser par terre, dos au mur, son téléphone devant elle sur le sol carrelé. Elle respirait trop fort, trop vite, et, même s'il régnait une chaleur oppressante, elle savait qu'elle ne sortirait pas tout de suite. Elle ferma les yeux et écouta les voix des filles. Les sonorités si claires et mélodieuses. Elle reconnut le berbère, dont les accents la calmèrent un instant, offrant un répit à ses peurs et au bruit de ses pensées. Pendant quelques minutes, elle demeura ainsi par terre, les paupières closes. Puis la porte principale claqua et les voix s'éloignèrent. Elle s'avança vers son téléphone et se pencha sur l'écran. Neuf appels manqués. Au même moment, le téléphone vibra de nouveau. Isra qui appelait.

Encore. Et encore. Chaque fois, Sophie rejetait la communication. Je n'ai pas la force, Zala est partie, je ne peux pas parler maintenant. Elle tapota de l'index sur le sol, trois fois, puis encore trois fois.

Isra rappelait.

Qu'est-ce qu'elle lui voulait ? Sophie écrivit :

« Qu'est-ce qu'il y a ?

— Appelle-moi !

— Je suis à l'école.

— Yasmina, s'il te plaît ! Tu es là ? Appelle-moi tout de suite… Pleeeease… »

Les minutes passèrent. Sophie se hissa sur la lunette des toilettes et contempla son téléphone, qui menait une vie propre, clignotait, vibrait. Elle décrocha mais ne dit rien, retint son souffle et attendit. L'écran se remplit d'images saccadées. Le visage d'Isra apparut, tel qu'elle le connaissait. Derrière se déployait un ciel turquoise d'une pureté et d'une clarté incroyables, plein de lumière, comme une eau peu profonde, une baie. Était-ce Son haleine pure que Dieu soufflait sur Son califat ?

Dans le cabinet de toilettes, l'atmosphère était dense et oppressante. Sophie se pencha et attendit que résonne la voix inconnue, soudain aussi curieuse qu'anxieuse de savoir comment elle était, mais il n'y eut, pendant un long moment, que le murmure des poumons d'Isra étouffant ses sanglots irréguliers.

« Yas, dit-elle alors, la voix comprimée par l'effort, Yasmina, sister. »

Sa voix était plus grave, plus rauque et plus sombre qu'elle n'aurait cru.

« Ne fais pas ça. S'il te plaît. Ne viens pas ici… »

Un instant, sa voix s'interrompit, la connexion grésilla.

« Yas, j'appelle toutes les sœurs des Pays-Bas avec qui je suis en contact pour dire la même chose, il ne faut pas venir ici. »

Le visage d'Isra se rapprocha. Le menton légèrement proéminent, les sourcils noirs et broussailleux, la figure pâle, pas maquillée, entourée de la lourde étoffe de sa burqa enserrant ses mâchoires.

Soudain, Sophie reprit violemment conscience du lieu d'où Isra l'appelait. Elles se tournèrent l'une vers l'autre et se regardèrent en clignant des yeux. Comme des étrangères. Des étrangères qu'elles étaient et qui se voyaient pour la première fois. Pourtant, il y eut une sorte de reconnaissance effrayante et, brièvement, les yeux d'Isra se posèrent sur elle comme des lumières silencieuses.

« Qu'est-ce qu'il y a ? chuchota Sophie. Qu'est-ce que... Qu'est-ce que tu fais ? »

La communication s'interrompit et Sophie essaya de rappeler, ne voulant plus rien d'autre désormais que de la regarder dans les yeux. Comme si les réponses qu'elle cherchait s'y trouvaient. Allait-elle vraiment commettre un attentat ? Allait-elle faire exploser une bombe, tuer des gens ? Était-ce elle qui le voulait, ou était-elle obligée par Daech ? Elle perçut un cri, en poussa un elle-même, étouffé, inexplicable. Un son qui avait dû rester longtemps enfermé dans sa gorge et qui demandait à sortir.

Isra rappela, le téléphone de Sophie se mit à vibrer plus fort.

« Yas, fit Isra d'une voix étranglée, Yas, sister. Je ne peux pas parler longtemps, sinon ils vont m'entendre et c'est interdit. Ils vont me... Ils vont... Ce que je veux dire, c'est : *don't take a holiday*. Surtout pas. »

Ses paroles se brisèrent à nouveau dans un sanglot bref, mais qui ressemblait désormais à une sorte de grognement surgi du plus profond de sa gorge. Un son effrayant et irréel. Je dois lui demander ce qui va se passer, pensa Sophie. Elle se rapprocha de nouveau.

Un long silence. Dehors, le brouhaha du trafic routier.

« Ce sont des mensonges, Yas, dit soudain la voix très lointaine d'Isra. Tout est sale et mauvais ici. »

Sophie pressa le téléphone contre son oreille. Au loin, dans la grande salle, retentissait l'*adhan*, l'appel à la prière, suivi des lamentations désespérées et tourmentées de dizaines d'hommes et de femmes invoquant Dieu.

« Une bombe est tombée à côté de chez moi, murmura-t-elle. Des sœurs ont été touchées par des éclats. Yas, des sœurs sont blessées. »

Sophie se leva et sortit du cabinet. Nauséeuse, elle scruta dans le miroir son visage d'infidèle qui s'estompait derrière une sorte de buée. Elle se souvint de la photo de son père et d'Isra devant l'entrée du tribunal ; les ombres de leurs corps, celle de son père, longiligne, celle d'Isra, ronde comme un trou dans le sol. Pose-lui la question maintenant, s'ordonna-t-elle, arrête-la tant qu'il est encore temps. Mais au lieu de cela, elle demanda :

« Pourquoi tu as fait ça ? »

Sophie sentit sa voix se mettre à trembler.

« Pourquoi tu y es retournée ?

— Retournée où ?

— En Syrie. Après ta libération de Vught. »

Il y eut un silence. La bouche d'Isra n'était plus qu'une ligne frémissante.

« Comment tu le sais ?

— Le monde est petit. »

Un moment, elles se regardèrent sans parler. Puis Sophie reprit la parole.

« Ton avocat. C'est mon père. C'était mon père.

— Ton père ? »

Isra se pencha sous l'écran, puis reparut, les yeux rouges.

« J'ai lu ce qui lui était arrivé. »

Isra se remit à pleurer.

« Pardon. Je te demande pardon. »

La connexion grésilla et s'interrompit. Mais Isra se mit immédiatement à écrire sur le chat.

« *Je ne sais pas quoi dire ou écrire, mais pardonne-moi.* »

Elle écrivait encore.

« *Certaines personnes sont venues ici par haine. Mais pas moi. J'étais juste en colère contre moi-même.* »

Les messages arrivaient trop vite pour que Sophie puisse y répondre.

« *J'ai beaucoup réfléchi. J'ai menti parce que je voulais quitter les Pays-Bas. Je faisais des choses qui n'étaient pas permises. J'étais convaincue que Dieu était fâché contre moi. Qu'Il ne voulait plus de moi. Je voulais retourner à la source. Me purifier. Je me disais : là-bas, c'est comme de remonter dans le temps, comme d'entendre les histoires des Quraychites à l'époque du Prophète. Mais une fois sur place, tu comprends la réalité.* »

Elle poursuivit :

« *J'étais aveugle, je croyais que Dieu m'avait abandonnée. Et maintenant, j'ai rendu ma mère malade.* »

La langue de Sophie gisait inerte dans sa bouche, ses doigts étaient raides.

Isra continuait.

« *Il faut me croire, je ne suis pas venue pour mourir. La première fois que je suis partie, je ne savais même pas où était la Syrie. Je voulais échapper au sentiment de pas savoir pourquoi je vivais. Je croyais qu'à Shaam, je retrouverais Dieu. Mais Il n'est pas là. Et je te le dis honnêtement, maintenant, avec toutes ces bombes, je pense à la mort. Ne viens pas, Yasmina, you are blessed*[1]. »

Il y eut un moment de silence, puis Isra rappela et la ligne se coupa de nouveau presque aussitôt. L'écran était noir et déserté, l'obscurité plongée dans un silence de mort.

---

1. « Tu es bénie. »

Que dois-je faire ? Je dois l'aider, pensa Sophie, désespérée. C'est ce que papa aurait voulu, malgré tout.

« *Reviens ici !* tapa-t-elle.

— *Impossible.*

— *Tu veux que je t'envoie de l'argent ?*

— *Je ne peux pas revenir.* »

Sophie hésita, ne sachant quoi écrire, avant de recevoir un autre appel.

« Isra ? »

Des grésillements.

Juste avant que la connexion soit à nouveau coupée, seuls quelques mots lui parvinrent, altérés par le vent, des mots qui allaient encore hanter son esprit pour le restant de la soirée, de la nuit, et peut-être de sa vie.

« C'est trop tard, Yasmina. Pour moi, c'est trop tard. »

Sophie demeura longtemps à fixer l'écran, devenu noir d'un coup. Dans ses oreilles ne subsistait plus qu'un bourdonnement faible et plaintif, et un vide profond s'empara de son corps.

18

À SON ARRÊT HABITUEL, le métro venait de partir. Le suivant arriverait dans neuf minutes. Les poings serrés dans les poches, le niqab à nouveau rangé dans son sac à dos, elle suivait attentivement l'aiguille de l'horloge sur le quai, qui avançait avec une lenteur de torture. Dix secondes, onze secondes, douze secondes, treize secondes. Incapable de tenir en place plus longtemps, elle descendit l'escalier en trombe et se mit à courir. Son souffle se perdait dans l'obscurité, elle courait comme si elle avait le temps à ses trousses, les bretelles de son sac à dos lui entaillant les épaules. Il grêlait plus fort à présent, et les billes de froid comprimé éclataient contre son visage, ses joues. Ses poumons se contractaient et ses jambes devenaient lourdes et raides. Bientôt, ses pieds dérapaient sur une couche de glace blanche et granuleuse de plusieurs centimètres d'épaisseur. L'averse se poursuivait, et Sophie ne voyait plus à deux mètres. La ville autour d'elle avait disparu. Le ciel se fondait avec l'eau du port, ne restaient que les lumières des lampadaires et des fenêtres, et les traces tremblantes projetées sur la chaussée par les phares des voitures. Arrivée à hauteur de la mairie, elle dut ralentir pour reprendre son souffle. Son cou était trempé de sueur. Quelques arrêts plus loin, elle monta finalement dans la rame, son téléphone toujours éteint, caché au fond de sa poche intérieure, terrifiée par ce qui allait arriver. *Pour moi, c'est trop tard*, entendait-elle résonner dans sa tête. Les sanglots d'Isra. Elle rabattit sa capuche sur ses cheveux mouillés et, sous l'étoffe resserrée autour de son visage, elle se regarda, immobile, dans la vitre. Ces yeux qui n'allaient pas ensemble, l'un toujours un peu trop ouvert, une expression de surprise quasi permanente, l'autre légèrement fermé, sur ses gardes, comme se méfiant de tout ce qui pouvait se présenter, peut-être même, ou au contraire surtout, de ce qui pouvait la sauver.

Lorsqu'elle arriva chez elle, le jardin était tout noir. À l'intérieur, seule une lampe brûlait dans le séjour. Incapable de se résoudre à ouvrir la porte, elle marcha un moment de long en large à l'arrière de la maison, comme en attente d'un signe. Au bout de quelques minutes, elle finit par entrer et vit d'emblée que quelque chose n'allait pas. Sa tante était assise devant la télévision avec son assiette sur les genoux, mais elle ne mangeait pas. Dès qu'elle aperçut Sophie, elle posa sa cuillère et la regardera avec des yeux ronds.

Le cœur de Sophie battait à tout rompre, tandis qu'une impression de déjà-vu l'envahissait. Comme si cette scène avait déjà eu lieu. Tatie Lulu était assise dans sa robe noire à fleurs brodées sans dire un mot, comme indifférente à son assiette qui vacillait sur ses genoux. La télévision émettait une lueur brumeuse et l'écran tremblait légèrement, comme si l'appareil se débattait intérieurement et rechignait à diffuser les images.

Un attentat, évidemment. Il y avait eu un attentat. En pleine rue, quelque part à l'étranger, de la fumée s'échappait de la carcasse calcinée d'un bus. Des hommes et des femmes accouraient et repartaient avec des brancards transportant des corps inertes. Des enfants pleuraient et des sirènes hurlaient. Sophie serra les mâchoires. Les lèvres pressées, elle s'assit à l'extrême bord du divan. À voir les gens et les bâtiments, ce n'était pas en Europe. Était-ce en Syrie ? Était-ce vraiment l'œuvre d'Isra ? Avait-elle déjà la ceinture explosive attachée autour des hanches lorsqu'elles se parlaient tout à l'heure ? Je vous en prie, pensa-t-elle. Je vous en prie. Faites que ce soit en Syrie. Ce serait l'horreur absolue. Ce serait la faute de papa. Mais tout plutôt que l'Afghanistan. Zala *djan*, tu es peut-être déjà là-bas. Est-ce Kandahar ? Est-ce ta ville ? Ou bien Kaboul ? Ce bâtiment est-il l'université où ton père a étudié ? Est-ce l'hôpital où il travaillait ? Sa tante tourna son visage vers elle. Comme lisant dans ses pensées, elle dit :

« C'est en Syrie. Ça a déjà été revendiqué. Daech, évidemment. »

Sophie hocha la tête et cligna des yeux. Elle demeurait coite, comme s'il ne s'était rien passé. Comme s'il ne s'était rien dit. Comme si sa tante, le visage à nouveau tourné vers la lueur glauque de l'écran, ne s'était pas mise à lui expliquer qu'il s'agissait de l'attentat le plus meurtrier depuis le début de la guerre en Syrie.

« La moitié d'un centre commercial a sauté. Encore un fou qui s'est fait exploser. »

Hébétée, Sophie fixait l'écran. Ses yeux étaient comme morts, ils ne voyaient plus rien. Rigides et durs comme du verre, ils gisaient dans leurs orbites. Elle était assise avec sa tante, toutes deux parfaitement immobiles. Au bout d'un moment, lorsque le journal fut terminé et qu'on annonçait un quiz, sa tante coupa la télévision et disparut dans la cuisine.

Sophie monta dans sa chambre pour être seule. Elle s'allongea sur son lit, toutes les lampes éteintes. L'éclairage de la voirie filtrait de façon gênante à travers les rideaux tirés et traçait des lignes courbes dans la pièce. Les voitures fusaient à intervalles irréguliers, plus bruyantes que d'habitude, la lumière de leurs phares grandissant et diminuant sans cesse. Cela ne s'arrêterait jamais. Le rythme du monde. Elle se tourna sur le ventre, puis de nouveau sur le dos. Elle était si épuisée, si accablée par tout ce qui se passait, qu'elle n'était plus capable d'identifier ses sentiments. Zala est vivante, pensait-elle seulement. Isra est morte. Elle n'osait pas regarder son Facebook, mais elle en était sûre : c'était elle. Elle était morte là-bas. Papa, elle est morte seule parmi des étrangers dans un pays étranger, une mort insensée dans une guerre avec laquelle elle n'avait rien à voir. Exactement comme tu l'avais dit.

19

SANS BUT PRÉCIS, elle reprit le métro en direction du sud de la ville. Elle regardait le paysage avec étonnement. Le minaret de la grande mosquée apparut et se rapprocha. Elle s'aperçut alors pour la première fois à quel point il était petit. Insignifiant. Ce n'était guère plus qu'une proéminence étroite, le bras maigre d'un moribond pointé vers le ciel. Pas très sûr de ce qu'il indiquait. Un Dieu absent ? Au-dessus des immeubles, un néant sombre s'étendait à perte de vue.

Elle descendit au centre-ville. Là encore, elle regarda autour d'elle, comme si ses yeux s'attendaient à voir une autre ville. Comme si l'attentat avait eu lieu ici, chez elle, et non à cinq mille kilomètres, en Syrie. Comme si ici, dans ces rues familières, sur ces places qu'elle connaissait, elle allait voir s'élever des panaches de fumée et tournoyer la cendre, la poussière et la suie entre les débris d'immeubles pilonnés. Comme si des vapeurs nauséabondes de corps calcinés allaient monter des décombres de magasins et de bureaux en bordure de route, comme si, dans les bâtiments situés sur les berges du fleuve, la puanteur allait être si forte qu'elle devrait détourner le visage et presser son écharpe contre son nez.

Elle empruntait des rues et des ruelles au hasard, mais une peur étrange l'envahit subitement, la crainte que quelqu'un l'appelle soudain par son prénom, la reconnaisse. Que les trois garçons en djellaba qu'elle voyait appuyés au coin contre la façade, leurs visages penchés sur un même écran de téléphone, se redressent d'un coup et se dirigent vers elle. La peur ridicule que ces musulmans sachent ce qu'elle avait fait. Et ce qu'elle n'avait pas fait. Qu'elle avait essayé de trouver Dieu, leur Dieu, mais de la mauvaise façon. Au point d'avoir peut-être manqué de respect à leur religion, alors qu'elle ne désirait rien tant que la défendre. Et lui appartenir. Qu'elle n'avait rien fait pour retenir Isra, même si elle n'en aurait probablement pas eu les moyens, mais elle n'avait même pas essayé. Son corps se mit à trembler. Elle devait penser à autre chose, trouver d'autres rues. Des rues plus familières, mieux éclairées, des rues avec des magasins, où elle pourrait se fondre dans la masse.

Mais juste avant de changer de cap, elle vit des policiers sur le trottoir d'en face qui approchaient. Ils regardaient dans sa direction. Elle se figea, sortit lentement les mains des poches et essaya sans un mot de leur montrer qu'elle avait compris. Car dans son imagination, ils venaient pour elle. Ses doigts picotaient. Elle regarda les deux agents traverser et, avant même qu'ils ne se soient immobilisés, c'était fait. Le plus grand, plissant les yeux, avait porté la main à son fourreau et procédait aux questions de routine. Elle entendit prononcer son nom, deux fois.

« Sophie ten Boer, tu es bien Sophie ten Boer ?

— Oui, c'est moi.

— Tu as une pièce d'identité ?

— Oui.

— On se doutait que c'était toi. Tu es en état d'arrestation. Tu vas nous suivre au poste. Tu n'es pas obligée de répondre aux questions et tu as droit à un avocat. Nous allons appeler tes parents pour leur dire que tu es au commissariat. Donne-nous ton téléphone et tends les bras devant toi. Ne bouge plus jusqu'à ce qu'on te fasse monter dans la voiture. »

Son cœur se mit à battre la chamade. Il se passait quelque chose et elle en était partie intégrante. Avant qu'elle puisse y réfléchir davantage, elle se trouvait déjà à l'arrière de la voiture de police, à distance de sécurité de la ville. Derrière la vitre, elle voyait défiler les rues et les bâtiments et, au même moment, un trou se créa dans le temps, qui enfin s'arrêtait, un trou qui s'élargissait et avalait tout, tandis qu'ils passaient le pont, l'eau scintillante en dessous d'elle, un trou qu'aucune lumière ne pouvait atteindre et d'où rien ne pouvait s'échapper, et dans lequel elle s'enfonçait douillettement. La paix, enfin. L'espace d'un instant, elle n'avait plus à réfléchir à quoi que ce soit. Plus à se soucier de savoir pour qui elle vivait, ni pourquoi, ni à se préoccuper de tout ce qui lui faisait peur, de ce qu'elle valait, de sa place. Pour eux et à leurs yeux seulement, elle était encore quelqu'un. Une fille coresponsable d'un crime terrible. Quelqu'un qui en savait plus qu'eux. C'était ce qu'ils allaient tirer au clair.

Ils se retrouvèrent peu après dans une salle d'interrogatoire glaciale. Les policiers étaient appuyés contre la table, la fixaient droit dans les yeux, soutenaient son regard et lui posaient des questions sur ce qu'elle savait. Sur les djihadistes en Syrie, sur les jeunes du califat de son père. Si par hasard elle connaissait une certaine Isra El Hannouri. Oui, elle la connaissait. Et Isra ne l'avait-elle pas appelée il y a quelques heures, et ne lui avait-elle pas dit qu'elle se préparait à mourir ? Si, en effet. À présent, son père aussi entrait dans la pièce. Il avait les cheveux ébouriffés, sa cravate bleue et l'un de ses carnets de notes sous le bras. Il vint s'asseoir près d'elle, rapprocha sa chaise, la regarda d'un air compréhensif et écouta.

Même si elle n'avait rien fait, on aurait dit désormais qu'elle était complice de tout. L'attentat avait été commis par quelqu'un d'autre, mais elle était toutes ces personnes à la fois, et toutes fusionnaient en elle. Elle était son père, elle était Zala, elle était Isra et, quelque part tapi au fond de son âme, il y avait le souvenir enfoui de tout ce qu'eux avaient vu, entendu, ressenti. L'écho assourdissant de la guerre dans la nuit afghane, à Idlib, à Raqqa, les longs et épuisants plaidoyers de la défense en salle d'audience, les chants guerriers de Daech tremblant dans sa gorge, même le cliquetis sec de la ceinture explosive bouclée par Isra, ou par quiconque l'avait fait, comme si c'étaient ses propres mains qui avaient saisi et encastré les pièces de métal. Tout cela était si proche. Mais le monde était en même temps si loin qu'elle était incapable d'y songer davantage. Elle ferma les yeux, le plus fort possible, entendit bouillonner le sang dans sa tête et ses oreilles et, dans la chaleur obscure derrière ses paupières, les lumières se fondirent, comme cette première fois où elle avait entendu les récitations en provenance de la chambre de son père, et voilà que s'y mêlait tout à coup la musique de la *chahada*…

« *Ach-hadou an la ilaha illa Allah, wa ach-hadou ana Mohammed rassoul Allah* », murmura-t-elle.

À présent, elle pouvait. Même si elle savait que, lorsqu'elle rouvrirait les yeux, elle s'exposerait de nouveau au monde et que rien n'aurait changé.

Remerciements

Un grand merci à Anne, Annelies, Asmaa, Azad, Cole, Denise, Feline, Franceska, Gerda, Hannah, Ilke, Jorrit, Juliette, Marscha, Michaël, Najib, Reda, Simon, Sladjana, Trisha et Willemijn. Et un merci tout particulier à Marike ♥.

Composition et mise en pages
Nord Compo à Villeneuve-d'Ascq

#lisez! engagé
www.lisez.com
Pour plus d'information :
Imprimé sur du papier issu de forêts gérées durablement.

Achevé d'imprimer par
Normandie Roto Impression s.a.s.
61250 Lonrai (Orne)
N° d'impression : 2402636

Imprimé en France